Die multimediale Gesellschaft

Josef Brauner ist Vorsitzender der Geschäftsführung der Sony Deutschland GmbH, Köln.
Roland Bickmann ist Inhaber der Bickmann & Collegen Unternehmensberatung mit den Schwerpunkten Corporate Identity und Corporate Culture.

Josef Brauner, Roland Bickmann

Die multimediale Gesellschaft

Mit einem Geleitwort von Edouard Bannwart

Campus Verlag
Frankfurt/New York

Die Deutsche Bibliothek – CIP-Einheitsaufnahme

Brauner, Josef:
Die multimediale Gesellschaft / Josef Brauner ; Roland
Bickmann. Mit einem Geleitw. von Edouard Bannwart. –
Frankfurt/Main ; Campus Verlag, 1994
ISBN 3-593-35046-7
NE: Bickmann, Roland:

Umschlaggestaltung: Magenta Design GmbH, Mannheim
Illustrationen: Gero Ulmrich
Satz: Textline GmbH, Oberursel
Druck und Bindung: Druckhaus Beltz, Hemsbach
Gedruckt auf säurefreiem und chlorfrei gebleichtem Papier.
Printed in Germany

Inhalt

Geleitwort

Über eine »multimediale Gesellschaft« nachzudenken erfordert viel Phantasie, obwohl viele einzelne Fakten schon jetzt offensichtlich sind. Diese in einen gesamtgesellschaftlichen Zusammenhang einzuordnen oder gar gesellschaftliche Prognosen abzuleiten braucht Mut, ja manchmal Abenteuerlust. Roland Bickmann und Josef Brauner haben in diesem Buch Szenarien zusammengetragen, die ein wenig Licht in eine noch undurchschaubare Zukunft bringen. Wie mit Scheinwerfern werden einzelne Bereiche zukünftigen Arbeitens, Lernens und Freizeitverhaltens unter dem Aspekt des Einflusses multimedialer Techniken beleuchtet. So faszinierend diese Eindrücke im Spotlight sind, so wenig läßt sich die gesamte Entwicklung abschätzen, die sich bei Anbruch dieser »multimedialen Zukunft« tatsächlich einstellen wird.

Nur eines wird zunehmend unmöglicher: sich den technokulturellen Entwicklungszwängen zu entziehen, die durch die Anwendung multimedialer Techniken in immer mehr Lebensbereiche eindringen. Tatsächlich sind diese multimedialen Technologien nur Vorläufer für ein zukünftiges Leben mit einer digitalisierten Analogie zu unserer Realität, dem entstehenden Cyber-Kosmos.

Die Entstehung des Cyber-Kosmos

Dem Spiegel gegenüberstehend, sehen wir ein Bild von uns, das unserer Erscheinung wohl entsprechen mag, jedoch selten jenes Wesen widerspiegelt, das wir glauben oder hoffen zu sein. Wir kämen beispielsweise kaum auf die Idee, uns als »multimediales Wesen« zu bezeichnen, obwohl wir es natürlich sind:

- 3D realtime, truecolor
- Audio, input + output
- hochgradig interaktiv
- parallel verarbeitend
- breit- oder schmalbandig kommunikativ usw.

Es geht weniger darum, mit einem gewaltigen technologischen Sprung unser Wesen zu simulieren. »Multimedia« imitiert vielmehr lediglich unsere Erscheinung und bedeutet die technische Simulation unserer Fähigkeiten, uns auszudrücken und zu kommunizieren. Auf der Grundlage der digitalen Beschreibungssprache lassen sich dabei Texte, Berechnungen, Grafiken, Filme, Töne mit einer Maschine erzeugen, bearbeiten, miteinander verknüpfen, interaktiv verändern und kommunizieren. Im Gegensatz zu den einzelnen technischen Optimierungen der unterschiedlichen Medien wird in der »Multimedia-Workstation« eine Vielzahl von Medien so integriert, daß synergetische Effekte im Sinne eines komfortableren und intelligenteren Informationsmanagements eintreten. Ein Medium, das sich die bestehenden Medien einverleibt, ein Hypermedium.

Dabei handelt es sich um ein neues Kommunikationsmittel, durch das sich die gewohnten dreidimensionalen Erscheinungsformen unserer Umgebung in dem Faktor Zeit zu relativieren beginnen. Der vertraute Umgang mit dem greifbaren Gegenstand und dem realen Ort wird abgelöst durch die Virtualisierung der Materie und des Raumes in digitalen Datensätzen, mit denen tendenziell jeder Gegenstand und jeder Ort als telekommunikatives Surrogat überall verfügbar wird.

Mit der Digitalisierung beginnt sich ein Ausdrucksmittel herauszubilden, das als eine Art Metasprache die fachspezifischen Notationen aus Gestaltung, Technik und Wissenschaft überlagert und gleichzeitig verbindet. Dieses »Verständigungssystem« zwischen den fachspezifischen »Vorstädten der Sprache« (Wittgenstein) beinhaltet im Wesen des digitalisierten Datensatzes auch dessen mögliche Erscheinungsformen, die sich in audiovisuelle Darstellungen umsetzen lassen. Damit wird die Digitalisierung nicht nur zur Grundlage für die Verknüpfung fachspezifischer Modellbildungen über Objekte und Prozesse, sondern auch die Basis für eine fachübergreifende Verständlichkeit.

Dies trifft insbesondere dort zu, wo wir Dinge und Verhältnisse unserer Wahrnehmung zugänglich machen können, die wir normalerweise weder sehen, hören noch fühlen können, weil sie entweder zu klein oder zu groß sind, zu weit weg, zeitlich zurück oder in der Zukunft liegen. Also Situationen, von denen wir weder das Wesen noch deren Erscheinung kennen und seit jeher auf hypothetische Modellbildungen angewiesen waren. Aber genau hier beginnt die doppelte Spekulation über die »Wirklichkeit« des Wesens und seiner Erscheinungsformen.

Doch so, wie wir bei einem beschlagenen Spiegel versuchen, das eigene Konterfei zu finden, gibt es weltweit immer mehr Anstrengungen, Ausschnitte der Umwelt digital zu erfassen und darzustellen. Obwohl das einzelne Puzzle-Teile sind, von denen niemand weiß, wie und ob sie überhaupt jemals zusammenpassen, sind es Fragmente eines entstehenden »Cyber-Kosmos«.

Der Cyber-Kosmos wird sichtbar

Noch ist dieser Cyber-Kosmos erst an wenigen Stellen erkennbar, doch er existiert längst in Form von unzähligen Datensätzen, die alltäglich weltweit erhoben, verarbeitet und gespeichert werden. Mit Hilfe der multimedialen Aufbereitung werden diese abstrakten Datensätze unserem Wahrnehmungsspektrum zugänglich und dadurch erkennbar gemacht.

Anfänglich wurden jene Daten visualisiert, deren Erscheinungsformen bekannt oder in analogen Darstellungen verständlicher waren. So wurden zuerst zweidimensionale Grafiken von Statistiken oder dreidimensionale Nachbildungen der Oberflächen von technischen Gegenständen und Gebäuden erstellt. Selbst das prozeßhafte Verarbeiten von Daten diente meistens nur zur Veranschaulichung von bekannten Trickfilmmustern.

Man arbeitete also an den Erscheinungsformen, wie sie im Vergleich mit der Realität einschätzbar waren – die Perspektive, die Ausblendung verdeckter Kanten, die Beleuchtung, die Farben und Texturen von Körpern, dann die Bewegung von Objekten, die sogenannte Charakter-Animation, die Verfolgung des Sehstrahles (Ray-Tracing), die Spiegelung und in letzter Zeit die Darstellung diskreter Volumen wie Licht, Wärme, Feuchtigkeit und semiopaker Körper. Mit jedem geglückten Annäherungsversuch, die uns bekannten Erscheinungsformen z. B. von Regen, Pflanzen oder Organen algorithmisch zu beschreiben und darzustellen, konnten ganze Kongresse zu verzückten Beifallsstürmen hingerissen werden.

Was aber anfänglich noch durch Vergleichbarkeit zur wahrnehmbaren Realität interessierte, ist schon längst überlagert durch die Visualisierung nicht wahrnehmbarer Sachverhalte und durch die Simulation von Wesensstrukturen. Zunächst halfen Röntgenstrahlen (z. B. Computertomographen), Laser- und Solartechniken, Datenstrukturen zu ermitteln, mit denen Körper transparent visualisiert werden konnten. Dann halfen Satelliten und Kommunikationsnetze, die zeit-räumlichen Beschränkungen örtlich begrenzter Wahrnehmungsverhältnisse zu überwinden. Doch schon wird an der fraktalen Selbstgleichheit von Wesensbauteilen (z. B. Zellen, Moleküle oder Gene) experimentiert, womit in Zukunft die innere Struktur eines Wesens nachvollzogen werden kann und sich dessen Erscheinung aus dem inhärenten Zusammenhang ableiten läßt. So entwickeln sich mehr und mehr Instrumente und Techniken, die reale Welt wesensgemäß nachzubilden und daraus deren Erscheinungsformen abzuleiten. Überall entstehen Cyberwelten, die zeit- und raumunabhängig zur Verfügung stehen, sozusagen wahrnehmbare Bauteile zum Cyber-Kosmos.

Der Zugang zum Cyber-Kosmos

Gleichzeitig werden Methoden entwickelt, die Grenzen zwischen der Realität und dem Cyber-Kosmos zu minimieren, den Zugang zur virtuellen Welt zu erleichtern. Diese sogenannte Human-Computer-Interface-Technologie hat das Ziel, die gerechneten Modelle interaktiv, d. h. direkt zu simulieren, zu steuern und letztlich zu betreten.

Am Anfang waren die am Monitor sichtbaren Daten nur über die Tastatur zu bearbeiten. Erst mit der Erfindung des Pull-Down-Menues war der erste Schritt zur vereinfachten Bedienung mit der Maus getan: click and wait. Damit lassen sich zwar gerechnete Welten am Monitor einfach erstellen, bewegen und manipulieren; »begehbar« werden sie erst durch die sogenannte »Virtual Reality«-Technologie. Eine Brille mit zwei stereoskopischen LCD-Bildschirmchen und ein Handschuh mit Glasfaserverbindung vermitteln dabei den Eindruck, sich in der gerechneten Welt zu befinden und sich darin bewegen zu können. Künftig werden sich diese noch etwas sperrigen Utensilien vereinfachen: durch Mustererkennung, Bewegungen der Augen, der Finger und des gesamten Körpers.

Sinnvoll wird dieser Zugang erst, wenn über die Mensch-Computer-Schnittstelle hinaus die virtuelle Welt als raum-zeitlich unbegrenzter Kosmos zu anderen Computer-Mensch-Schnittstellen dient – also wenn die Cyberwelten dazu dienen, anderen Menschen telekommunikativ zu begegnen. Die gerechneten Welten bleiben dann nicht Gegenwelten zur Realität, sondern werden Teil dieser Realität, zur Erweiterung der Wahrnehmung und zur Reduktion raum-zeitlicher Bindungen.

Telepräsenz über den Cyber-Kosmos

Die Reduktion raum-zeitlicher Bindungen ermöglicht eine immaterielle Infrastruktur, die als Kommunikationsnetz ausgebaut und für vielfältige Anwendungen immer mehr genutzt wird (z. B. Telebanking, Telekiosking, Teleshopping und verteiltes Arbeiten, Produzieren und Planen). Entsprechend diesen Nutzungsmöglichkeiten und der Akzeptanz der Schnittstellen-Geräte wird diese immaterielle Infrastruktur die materiellen Distributionswege zunehmend überlagern und ersetzen. Telepräsenz wird dann eine determinierende Rolle in unserem Alltagsleben einnehmen und den Aktionsradius wesentlich erweitern. Die Durchdringung der Realität mit elektronischen Technologien wird die Grenzen zwischen den materiellen Bedingungen und den immateriellen Simulationen zunehmend verwischen.

So werden Standortfragen ihre Wichtigkeit verlieren, was zu enormen Umbewertungen von zur Zeit wesentlichen Problemen führt, wie z. B. das Thema Regierungssitz Bonn – Berlin, Grundstückspreise oder Nutzungstrennungen von Wohnen, Arbeiten etc. Orientierungsfragen, wie die Navigation durch den Cyber-Kosmos, Zugangsberechtigungen und Handlungskonsequenzen zwischen realer und virtueller Welt, verlangen neue Navigationskonzepte.

Der Cyber-Kosmos steht uns also gegenüber wie ein räumlicher Spiegel unserer realen Welt, durch dessen Oberfläche der Erscheinungen wir beginnen, Wesensbeziehungen zu erkennen.

»Multimedia« als erste Prothese

»Multimedia« ist in diesem Kontext lediglich ein Schritt, unsere Wahrnehmung in dieses Human-Cyber-Kosmos-Interface einzubeziehen. Das Zusammenfassen von unterschiedlichen Ausdrucksmöglichkeiten unserer audiovisuellen Sinne ist dabei nur der Anfang einer kommunikativen Verständigung zwischen der realen und der gerechneten Welt. Mittlerweile begreifen wir langsam, daß sich dies mit der spezifisch technischen Nachbildung einzelner Fähigkeiten allein, wie z. B. des Sehens oder Hörens, nur begrenzt simulieren läßt, weil unsere Sinne aufeinander abgestimmt sind und ergänzend funktionieren. Der Wahrnehmungsapparat sowie dessen Handlungskontext sind aber dermaßen komplex, daß wir schnell fasziniert sind von jedem kleinen Erkenntnisfortschritt, der uns hoffen läßt, unsere natürlichen Fähigkeiten technisch nachzuahmen oder gar zu erweitern. Die Folge dieser Faszination war bislang ein gigantisch verkabelter Technologiepark von Computern, Video- und Sound-Einrichtungen, Ein- und Ausgabegeräten und Kommunikationskabeln in klimatisierten Räumen.

Dort läßt sich studieren, wie sich Elektronik und Mechanik zu einer Art Prothetik verbinden, wie sie für den Umgang mit dem Cyber-Kosmos noch zu entwickeln wäre. Noch ist der einzige haptische Kontakt zwischen Mensch und Material die Tastatur, die Maus, der Dataglove oder der 3D-Joystick. Fürchterliche Vorstellung, die Beziehung zwischen Mensch und Umwelt auf diese Weise reduziert zu sehen. Wenn wir dagegen beobachten, wie selbstverständlich viele von uns mit Prothesen wie Brillen, Zähnen und Hörgeräten leben, können wir den gegenwärtigen Entwicklungsstand des rechnergestützten Umgangs mit Gegenständen und räumlichen Sachverhalten im virtuellen Raum nur mit dem Entwicklungsniveau des unbiegsamen Holzbeines mit Gummipfropfen vergleichen.

Die Vision sah einst ganz anders aus ...

Nehmen wir aber einmal an, man läge an einem warmen, sonnigen Sommertag unter einer großen Buche und habe schöne Gedanken. Da bräuchte man eigentlich nicht viel mehr als ein bißchen Zeit und Muße, sich den Sachen zu widmen, über die man schon lange nachdenken wollte. Als Architekt habe ich dazu mein kleines Skizzenbuch dabei, auf dem ich zeichnerisch festhalten kann, was ich mir so vorstelle. Nun bitte ich das kleine Skizzenbuch um Pläne, Fotos und Filme über Situationen, zu denen mir gerade etwas einfällt. Dazu bin ich über Satellit mit meinem Arbeitsplatz oder anderen Informationsquellen verbunden. Ein interessantes Videobild halte ich fest, um darauf mit dem Digitalisierungsstift zu skizzieren oder über die Dioden auf den Fingernägeln dreidimensional zu modellieren. In der Sonnenbrille sehe ich das stereoskopische Abbild des Raumes, durch den ich mich umschauend bewege.

Nehmen wir einmal an, ich sitze an meinem alltäglichen Arbeitsplatz, wo ich mich neben der eigenen Arbeit auch mit Leuten aus anderen Fachdisziplinen treffe und diskutiere. Da stehen die Arbeitsgeräte, die ich brauche, um so zu arbeiten, wie ich es als Architekt gewohnt bin. Eine große weiße Arbeitsfläche, DIN A0 mit einem Stift und einem grünen Knopf zum Starten. Natürlich ist diese Fläche ein transparentes Digitalisierungstablett, auf dem auch alle anderen Funktionen, wie die digitalen Videofenster, die Menue- und Mischfunktionen, einblendbar sind. Vor mir ist eine wechseltransparente Videowand, die mir mein Gegenüber als Gesprächspartner, audiovisuelle Environments, eine Notizwand face to face simuliert. Meine Modelle erscheinen als Hologramme dreidimensional bewegbar auf der Tischplatte, und zur Begehung benutze ich die bekannte Sonnenbrille.

Nehmen wir einmal an, ich präsentiere Ihnen diese Gedanken multimedial auf einer CD. Sie würden vielleicht unter einem Baum oder vom Arbeitsplatz aus die projizierten Visualisierungen dieser Überlegungen anschaulich verfolgen können. Sie haben die Möglichkeit, jederzeit einzugreifen, um auf entsprechende Reiz- und Stichworte eine Erklärung abzufordern. Sie werden mich dann auf allen Nachfragetiefen wieder antreffen, als Agent meiner selbst, der für diese Erklärungen zur Verfügung steht. Gerade so, als ob ich mit jedem von Ihnen persönlich diese Gedanken vertiefen würde, könnten

Sie weitere Beispiele, Texte, Bilder oder Filme zur Veranschaulichung meiner Thesen abrufen. So könnten wir nach Abschluß des interaktiven Vermittlungsprozesses uns in einem »virtuellen« oder realen Raum treffen, um das uns eigentlich Interessierende zu betreiben: die Diskussion.

Diesen Szenarien lassen sich natürlich weitere hinzufügen, doch in der Realität der Gegenwart stehen wir zunächst vor der Aufgabe, die Zukunft der »Virtuellen Realitäten« zu bewältigen. Zur Zeit sind die Rechner noch universale Werkzeuge, die sich mit jeder Softwareapplikation in eine andere Maschine verwandeln, die von allen anderen nichts oder jedenfalls nichts Relevantes weiß. Ziel ist es deshalb, durch die intelligente Auswertung dieser bislang ungenutzten Informationen einen persönlichen Kontext zu generieren, mit dessen Hilfe der Nutzer mit dem Rechner und dessen digitalem Umfeld kommunizieren kann. Dieses Gerät weiß also nicht nur über die verschiedenen Arbeiten des Nutzers, sondern auch über deren Zusammenhang und die Nutzungsgewohnheiten Bescheid. Es wird zu meinem virtuellen Experten für mein individuelles Informationsmanagement und damit zum persönlichen Agenten.

Nehmen wir einmal an, wir befinden uns in einer virtuellen Stadt. In dieser virtuellen Stadt wohnt jeder in einem individuellen Raum, der mit »informativen« Gegenständen ausgestattet ist: einem virtuellen Schreibtisch mit virtuellen Schubladen, in denen Arbeitsunterlagen, »Bücher«, Akten u. a. aufbewahrt werden. Dieser Raum wäre ein Assoziationen auslösender Kontext, eine digitale Selbstdarstellung, ein Experte, der viel von der alltäglichen Kommunikationsroutine übernehmen könnte und als Agent die persönlich interessierende Auswertung der Informationsflut übernimmt.

Realitäten und Mythen

Gemessen an diesen Visionen ist die gegenwärtige Multimedia-Realität nur insofern von Interesse, als es noch ca. fünf Jahre dauern wird, bis sich diese nutzerorientierte Philosophie durchgesetzt hat. Die Annäherung an die tatsächlichen Nutzerinteressen wird auch in Zukunft die Strategie des Erfolges sein. Dagegen scheint mir »Multimedia« zunächst meistens zu einem reinen Verkaufsbegriff zu verkommen, mit dem bekannte Produkte neu angeboten werden. Ein Beispiel dafür aus einer Urspungsmenge des Medialen: Ein Kugelschreiber, sonst nichts. Weit gefehlt. Er schreibt über Kopf, unter Wasser, über glänzende Oberflächen, über Fett und Fingerabdrücke, bei glühender Hitze bis + 200° C und eisiger Kälte bis − 50° C und sogar in der Schwerelosigkeit. Die Firma gratuliert zum Kauf des höchstentwickelten Kugelschreibers der Welt mit mehr als 1 Million Entwicklungskosten für die Weltraumfahrt. Auf Erden habe ich noch nicht entdeckt, wozu er besser verwendbar wäre als der ganz gewöhnliche Kugelschreiber für 2,50 DM, außer daß er das wunderbare Gefühl vermittelt, schon ein bißchen durch den Weltraum zu fliegen.

Viele Computer werden in Zukunft multimedial sein, weil sie 20 Videofenster gleichzeitig bewältigen, in zehnfacher CD-Qualität »Alle meine Entlein« wiedergeben und mitten in einem wichtigen Geschäftsgespräch korrekt an die Vertragsabsprache mit der Konkurrenz erinnern. Der Anwender wird sich mittels virtueller Realität ins Weltall katapultieren oder im eigenen Organismus den Herzinfarkt diagnostizieren, sich in das Innenleben eines Computers versetzen oder sich selbst als ein anderes Wesen simulieren, z. B. in »My Life as a Worm« oder »Ich als Champion«. Darin liegt vermutlich auch der Mythos der »VR-Technologien«. Der verkabelte Handschuh und die autistisch anmutende Brille vermitteln eine Imagination, die sich insbesondere für phantasievolle Personen zu Wunschträumen verdichtet.

In der Tat ist das Erleben eines nur im Rechner existenten Raumes, in dem der Cyber-Tourist sich selbstbestimmt bewegen, wahrnehmen und interagieren kann, ein weiterer Entwicklungsschritt auf dem Weg zu einer nutzergerechten Schnittstelle zwischen Mensch und Rechnerwelt. Aber einer gesellschaftlichen Interaktion entzieht er sich durch den Rückzug in die selbstgewählten Rechner-Umgebungen bis hin zum Realitätsverlust. Was für Behinderte und Kranke hilfreich sein mag, kann gesellschaftlichen Verhältnissen den Boden entziehen, wenn dieser Cyber-Kosmos der Privatheit jedes einzelnen oder rein kommerziellen Zielen überlassen wird. Deshalb wird es Zeit, diese Entwicklung in ihren gesellschaftlichen Dimensionen zu thematisieren.

Berlin, im Oktober 1993

Prof. Edouard Bannwart

Gründer und Leiter des Berliner Forschungszentrums »art + com e.V.«

Vorwort

»Visionäres Management« ist eine Modevokabel unserer Tage. Oftmals verbirgt sich dahinter nichts anderes als eine langfristige Projektion betriebswirtschaftlicher Zahlen. In diesem Buch wird eine andere Vision entwickelt, eine Vision im Sinne von Festlegung, Langfriststrategie, Sinngebung und Identifikationsangebot an Mitarbeiterinnen und Mitarbeiter im Unternehmen, aber auch eine Vision im gesellschaftlichen Kontext. Eine Vision hat viele Dimensionen. Daher geht es auch hier nicht nur um einen Punkt oder ein Ziel. Wir beschreiben viele Facetten der Zukunft und fügen Mosaiksteine zusammen. Ein Bild der Zukunft entsteht.

Ausgangspunkt des vorliegenden Buches ist eine Rede mit dem Titel »Vision 2001«, die beide Autoren entwickelt haben und die von Josef Brauner 1991 Sony-intern vorgetragen wurde. Sie basiert auf umfangreichen nationalen und internationalen Recherchen über den Stand der Diskussion an Instituten und in der Literatur. Viele Maßnahmen wurden inzwischen bei Sony initiiert, um den nötigen Kulturwandel im Unternehmen zu unterstützen.

Die Zeit ist reif, um auch in der Öffentlichkeit eine Diskussion zu forcieren, die an einigen Stellen schon entbrannt ist.

Noch ist sie aber weitgehend technischen Kreisen vorbehalten. Doch das allein ist nicht ausreichend, denn die eigentliche Wirkung der neuen Gedanken wird sich gesellschaftlich entfalten. Daher dieses Buch: Es ist ein Ausblick, ein Diskussionsbeitrag und eine Vision, die keine quantitativen Dimensionen hat, sondern qualitative.

Diese Publikation sollte nicht primär als Werk eines Unternehmensführers und eines Unternehmensberaters gesehen werden. Beide schreiben nicht nur aus dem Blickwinkel ihres jeweiligen Berufs. Es ist das Werk zweier Menschen, die sich verantwortliche Gedanken machen über die Zukunft. Eine Zukunft, die grundlegende Veränderungen bringen wird und die näher ist, als allgemein angenommen wird. Die Installation öffentlicher Netzwerke findet täglich statt. Bei uns hingegen weiß zwar jeder, daß Straßen gebaut werden und Autos existieren, aber keiner führt die Diskussion über den Straßenverkehr und seine Folgen.

Eigentlich müßte dieses Buch auf CD-ROM erscheinen. Soweit sind wir im Moment aber noch nicht. Damit es einmal auf CD-ROM erscheinen kann, muß es an die Öffentlichkeit. Deshalb haben wir uns entschlossen, das Buch für dieses Mal noch im herkömmlichen Druckverfahren zu veröffentlichen.

Dieses Buch entstand unter Mitarbeit von Claudia Paul. Wir bedanken uns bei Marcus Schad, Katrin Prüfig und den vielen anderen Gesprächspartnerinnen und Gesprächspartnern, die durch kritische Anmerkungen und konstruktive Vorschläge einen wertvollen Beitrag geleistet haben. Ohne die Gespräche mit Künstlern, Technikern, Professoren, Managern und Verbrauchern hätten wir es nicht geschafft, das Thema in seiner Komplexität darzustellen.

Einleitung

Dieses Buch will informieren, sensibilisieren und phantasieren. Der Leser sollte sich darauf einlassen, vorurteilslos und gerne auch kritisch. Wir wollen Horizonte aufzeigen, Visionen ansprechen und die Notwendigkeit zum Denken, zum Nach- und vor allem zum Vordenken, deutlich machen.

Wir erheben nicht den Anspruch, vollständige Szenarien zu entwickeln, sondern gehen eher exemplarisch vor. Einige besonders signifikante Arbeitsbereiche werden länger ausgeführt, andere gar nicht angesprochen. Es soll auch kein philosophisches Werk sein – obwohl eine Philosophie dahintersteht –, sondern ein Werk, das Entwicklungslinien aufzeigt, um die es letztendlich geht. Die Autoren müssen der Komplexität des Themas Tribut zollen und sich dem Vorwurf stellen, viele Bereiche nur angerissen zu haben. Denn inwieweit die »multimediale« Gesellschaft, die Gesellschaft, in der unterschiedliche Medien miteinander verknüpft zum »Megamedium« werden, eine Fata Morgana ist oder eine Utopie im Sinne eines zukünftigen Zustandes, wird hier nicht abschließend beantwortet. Wir gehen vielmehr davon aus, daß – ganz gleich, ob in fünf, sieben oder zehn Jahren – die Vision zur Realität werden kann. Dann wird die Gesellschaft wieder, ähnlich wie bei der Erfindung des Telefons, von einem Quantensprung sprechen. Wie immer überrollt uns die Technik, wie immer verändert sie unser Leben, und wie immer wird die Frage »Was nun?« gestellt.

Wie immer auch haben die Menschen auch Angst vor der »neuen« Technik. Angst davor, wie die Kombination von Computer, Netzwerk und AV-Medien das Alltagsleben ändern kann. Bereits in der Vergangenheit gibt es Beispiele, die zeigen, daß der Mensch wesentlichen Entdeckungen auf der Spur war, den Weg dann aber nicht weiter verfolgt hat. Solche Rückwärtswendungen waren der Galilei-Prozeß und der Brand der Bibliothek von Alexandria. Dadurch wurde der Entwicklungs- und Forschungsprozeß allerdings nur verzögert, aufgehalten wurde er nicht. Deshalb plädiert auch der Astrophysiker Carl Sagan für den mutigen und verantwortungsvollen Blick in die Zukunft, wenn er formuliert, vernünftig sei heute einzig die Utopie (vgl. Sorman, Guy: Denker unserer Zeit, München 1993, S. 27).

Seit langer Zeit schon sträuben sich soziale Gruppen, die sich durch die wissenschaftlich-technisch-industrielle Revolution bedroht fühlen. Hierzu zählen religiöse Gemeinschaften ebenso wie Vertreter traditioneller Lebensformen und Bildungsideale. Im Grunde geht es um die Spannung zwischen den beiden Kulturen, von denen C. P. Snow schon vor 30 Jahren gesprochen hat: der literarischen und der wissenschaftlich-technischen. Auch dieses Werk kann nicht »everybody's darling« sein. Es kann aber einen Beitrag zur Entmystifizierung der Technik leisten, indem es die Chancen und Wege aufzeigt, die schließlich beiden genannten gesellschaftlichen Strömungen neue Chancen eröffnen.

Was ist das, die multimediale Gesellschaft? Diskutiert wird über die intelligente Kombination von Computern, Netzwerken und AV-Medien in Fachkreisen, jedoch oft zu einseitig, oft mit falschen thematischen Schwerpunkten und oft mit problematischen Intentionen. In die Diskussion eingreifen will auch dieses Buch. Es werden hier aber keine Marktstrategien entworfen, die Technik wird nicht verteufelt oder verherrlicht, und konkrete Handlungsmaximen werden nicht vorgegeben. Mit dem Buch wollen wir letztendlich den Mut zur Utopie wecken, einer Utopie, die so utopisch gar nicht ist. Es sollen die Sinne dafür geschärft werden, daß eine multimediale Gesellschaft eine »andere« Gesellschaft ist. Eine »andere« Gesellschaft – das bedeutet: »andere«, neue Regeln für das Zusammenleben. Denn nur dann stehen Mensch und Technik nicht im Widerspruch, nur dann behindern technische Möglichkeiten nicht menschliche Bedürfnisse, sondern verwirklichen sie.

Die Zeit drängt, denn das, was heute noch fehlt, sind keine Innovationen im Bereich der Grundlagenforschung. Um das hier entwickelte Szenario umzusetzen, fehlt es also nicht an Grunderkenntnissen der Wissenschaft und Forschung. Das Rad muß nicht neu erfunden werden. Es geht um den Fortschritt. Wir wollen in einer Zeit darüber diskutieren, in der der Fortschritt selbst zunehmend im Kreuzfeuer der Kritik steht. Der Glaube an den Fortschritt ist weitgehend zerstört. Die Diskussion geht darum, wie man das »Fortschreiten« überwachen, überprüfen, eingrenzen, kontrollieren und humanisieren kann. Es soll nicht mehr das gemacht werden, was technisch möglich ist, sondern das, was gesellschaftlich wünschenswert erscheint – wer immer diese Entscheidung fällt.

Wir haben leistungsfähige Computer, es existieren bereits Netzwerke, die Mittel, eine Videokonferenz abzuhalten, sind alle vorhanden. Wir haben es mit bereits vorhandener Technik zu tun, die – und das ist das eigentlich Neue – intelligent kombiniert zum Einsatz kommen soll. Damit bewahrheitet sich wieder einmal das, was der Mathematiker René Thom beschrieben hat. Laut Thom hätte die Menschheit nämlich die großen wissenschaftlichen Durchbrüche nicht der Entdekkung neuer Fakten zu verdanken, sondern viel eher der Tatsache, daß bereits Bekanntes neu durchdacht und formuliert wurde. In diesem Fall wird bereits Bekanntes neu kombiniert. Dadurch verlagert sich die Herausforderung: Ziel ist die Beherrschung von Komplexität. Die menschliche Fähigkeit des Denkens ist nicht mehr Mittel zum Zweck, sie ist der eigentliche »Rohstoff«. Auf einen kurzen Nenner gebracht, dreht es sich nicht um »innovation by invention«, sondern um »innovation by combination«.

MPac, HDTV, DOS, Unix, Betacam, Bussysteme, CD ROM XA, CD I, Scart, Risc, Eisa, DVI, CDTV, JPEG – Seiten könnten mit Begriffen der jeweiligen Technikwelt gefüllt werden. Der Laie weiß nichts damit anzufangen. Und was ist das eigentlich für eine Sprache? Warum wird ein solcher Code benutzt? Sprache drückt im Rahmen eines Codes nicht nur Expertenwissen aus, es ist in der Form des Fachjargons auch immer ein Phänomen der Abgrenzung, des »Andersseins« gegenüber benachbarten Fachgebieten. Das ist sicher ein wichtiger Grund, warum die Integration der unterschiedlichen Technologiefelder so schwer fällt. Jeder einzelne Bereich hat seine Sprache. Im Umgang miteinander sind die Vertreter der jeweiligen Fachdisziplinen allerdings sprachlos. Sie bemühen sich – teilweise aus Selbstschutz – nicht um »Kompatibilität«. Jeder bleibt in seiner Nische, nur wenige wagen den Blick über den Tellerrand.

Außerdem stoßen die Computerhersteller an Grenzen ihrer Vermarktung. Im Wunderwort Multimedia entdecken sie eine neue Plattform, eine Chance für den Personalcomputer, eine Möglichkeit zur Verbreiterung des Spektrums. Im

Kern geht es den Computerherstellern lediglich um neue Absatzmärkte für ihre PCs.

Aus dem Blickwinkel der PC-Hersteller sind Audio-/Video-Hersteller quasi die Peripherielieferanten. Tatsächlich aber tritt eine neue Kompetenz in das multimediale Rampenlicht: die Kompetenz für Ton und Bild. Hierbei geht es um die Erzeugung, um die Verarbeitung und um die Integration des Bildes – eine »Wissenschaft« für sich. Zwar ist auch die Zukunft der Bilder digital, aber Hersteller und Vertreiber von Audio-/Video-Geräten werden durch eine völlig andere Branchenkultur geprägt. Ebenso die Nachrichtentechnik, und hier vor allem neue Signalformen wie Breitband und ISDN. Die Branche ist öffentlich-rechtlich organisiert, infrastrukturell und nicht nach Produkten.

Hinzu kommt die Softwareindustrie in ihrer globalen Bedeutung: Softwarehersteller, die Verbindungen schaffen können – im Fachjargon nennt man es »Interfaces herstellen« –, und das nicht nur innerhalb einer Welt, sondern zunehmend zwischen den Welten; Softwarehersteller, die aus der Computerwelt kommen und für die Anwendungsoberflächen – soweit sie den Computer betreffen – zuständig sind; und Softwarehersteller z. B. aus der Unterhaltungselektronik, die auf ganz andere Weise Nutzen für den Anwender schaffen. Bis heute ist eine große Sprachlosigkeit zwischen diesen unterschiedlichen Disziplinen festzustellen. Wen wundert das: Die Spezialisten profilieren sich in ihrem speziellen (Branchen-) Fachgebiet und sind schon von daher gar nicht motiviert, »grenzüberschreitend« zu arbeiten.

Wir wollen mit diesem Werk einen Beitrag zur Überwindung dieser Sprachlosigkeit leisten. Ignoriert man die Grenzen, die durch die einzelnen Technologiebereiche scheinbar existieren, so eröffnet sich der Blick auf neue Anwendungsdimensionen. Übersieht man zudem (noch) existierende technische Barrieren, wie die fehlende flächendeckende Infrastruktur eines ISDN-Netzes, so kristallisiert sich eine Perspektive heraus, die deutlich macht, welche tiefgreifenden Folgen diese erweiterten Anwendungsdimensionen für die Infrastruktur unseres Landes haben werden.

Teil I
Der Status quo

Kapitel 1
Die technische Realität: Wenn morgen heute ist

Schon heute wird die medienintegrierende Technik in weitaus größerem Umfang genutzt als gemeinhin bekannt. Es existieren bereits voll funktionsfähige Netzwerke, die teilweise zum Beispiel Standortnachteile ganz einfach relativieren. Ein Beleg dafür ist die Organisation der Telekom der Deutschen Bundespost. Man wählt – beispielsweise in München – die Nummer der Auskunft, es meldet sich aber nicht München, sondern die Auskunft Ingolstadt. Ein Computer hat den Ruf zum nächsten freien Auskunftsplatz dirigiert und so die Kapazitäten ökonomisch ausgenutzt. Das gilt natürlich nicht nur für die Telefonauskunft, vorstellbar ist dieses System auch z. B. für Versandhäuser: Es wird gleichgültig, wo der Anruf entgegengenommen wird. Die Büroarbeit kann damit an Standorte verlagert werden, wo die Lebenshaltungskosten noch geringer sind – in Randgebieten, strukturschwachen Bereichen. Zugleich entstehen neue Heimarbeitsplätze.

Ein anderes Beispiel kommt aus den USA. Dort, so war in der *Wirtschaftswoche* vom 12.3.1993 zu lesen, soll derzeit auf Initiative des Medienkonzerns Time Warner Inc. der erste »Data Superhighway« entstehen. Die totale Telekommunikation des 21. Jahrhunderts ist also nicht mehr weit. Die angeschlossenen

Haushalte können dann Kinohits abrufen, im Versandhandel Waren bestellen und mit anderen Teilnehmern Computerspiele austragen. Doch das ist erst der Anfang. Der neue US-Vizepräsident Al Gore, so schreibt die *Wirtschaftswoche* weiter, läßt sich ebenfalls von den technischen Möglichkeiten inspirieren. Ihm schwebt ein flächendeckendes Forschungs- und Ausbildungsnetz für das ganze Land vor.

Mit der Kommunikationstechnik wird zwar nicht mehr im verborgenen experimentiert. Wie schnell aus den Experimenten Realität werden kann, ist vielen Menschen allerdings nicht bewußt. Es ist nur noch ein kleiner Schritt zur »multimedialen Gesellschaft«. Der Status quo dient als Ausgangspunkt, einzelne Komponenten werden ergänzt, verfeinert und variiert – was dabei herauskommt, ist »innovation by combination«. Vergleichen läßt sich die Situation auf dem Gebiet der sogenannten »Multimedia« mit einem Puzzlespiel, dessen einzelne Puzzlesteine nach einer neuen Ordnung zusammengefügt werden können. Jedes Puzzleteil ist ein Produkt oder eine Technologie, quer über die genannten Basistechnologiefelder hinweg. Das Resultat des multimedialen Denkansatzes ist ein völlig verändertes Puzzle-Bild und wird ein nachhaltig verändertes Weltbild sein. Ursprünglich getrennt aufgestellte Felder und Bilder des Puzzles werden durch die neue Kombination der Teile verbunden. Bis dato sind die Puzzlesteine bereits kräftig gemischt worden, einzelne Teile des Puzzles wurden bereits neu kombiniert, andere müssen noch an den »richtigen« Standort gebracht, d. h. *der* Schritt muß noch getan werden, dann wird aus der simplen Addition von Computern, Netzwerken und AV-Medien die intelligente Kombination.

Das Wort Multimedia verstellt in seiner heutigen Verwendung zudem den Blick auf die tatsächliche Innovationskraft, die sich aus der Kombination der genannten Basistechnologien ergibt. Was ist heute mit »Multimedia« gemeint? Bezeichnet wird damit vor allem die »Medienaddition«. So liefert beispielsweise ein Bildplattenspieler für ein Lernprogramm die nötigen Bildsequenzen, oder von einem CD-ROM-Laufwerk kommen Musik und Animationen für eine Produktpräsentation.

Zwei wesentliche Aspekte bleiben außen vor: Es gibt zu wenig Software, die unterschiedliche digitale Technologien verbindet, und außerdem fehlt die Telekommunikationsanbindung auf Grund hoher Leitungskosten und mangelhafter Infrastruktur. Das ist der Grund, warum die heute verfügbaren Multimedia-Applikationen sich vor allem im Heimbereich wiederfinden.

Das Schlagwort Multimedia muß in diesem Zusammenhang vor dem Hintergrund neuer Perspektiven für einen sich sättigenden PC-Markt interpretiert werden. Daher sieht sich auch vor allem die PC-Industrie als Protagonistin der Multimedia-Entwicklung. Die anderen betroffenen Industriezweige treten erst langsam in Erscheinung – sei es der Bereich der Telekommunikation, die Workstation- und Großcomputeranbieter oder die Audio-/Videowelt.

Einige Unternehmen haben das Problem der unnötigen Reduzierung auf den Ausdruck »Multimedia« bereits umgesetzt und andere, offenere Bezeichnungen gefunden, wie z. B. Sony mit dem Begriff SonyCOM.

Trotz dieser Überlegungen haben die Autoren in diesem Werk das Schlagwort Multimedia nicht vermieden, und das ganz bewußt. Die Ausführungen sollen nämlich deutlich machen, daß es notwendig ist, diesen Begriff zu erweitern.

Im Mittelpunkt steht dabei eine Denkhaltung. Die gesamte Techniklandschaft wird gewissermaßen aus der Vogelperspektive betrachtet. Diese Landschaft steht für alle Produkte der

Audio-/Video-Industrie, für die Produkte und Verfahren der Computerindustrie und schließlich für die Welt der Telekommunikation. Ziel ist somit die intelligente Anwendung und Umsetzung der Technik, z. B. im Bereich der Medizin. Probleme sollen künftig nicht nur mit Hilfe einer Disziplin, sondern mit Hilfe aller Technikfelder gelöst werden. Es geht um einen interdisziplinären Ansatz, um Synergie zwischen den Industrien.

Momentan erscheint eine solche Vorgehensweise noch banal, da jede Technikwelt mit eigenen Philosophien, Strategien, Kommunikations- und Vertriebswegen aufwartet. Hat der Käufer in einem speziellen Geschäft Audio-/Video-Equipment gesucht, dann erwartete er in diesem Geschäft keine Telekommunikationseinrichtungen, und wo er Computer kaufen konnte, da konnte er keine Fernsehgeräte erwerben.

Schaut man aber genauer hin, so formiert sich die neue Megaindustrie bereits. Es sind nur noch wenige, aber wichtige Probleme zu lösen, daher soll für die hier entwickelten Ideen technisch von folgenden Annahmen ausgegangen werden:

... ISDN wäre als öffentliches Netzwerk etabliert. Alle Haushalte wären angeschlossen, und digitale Daten könnten flächendeckend übertragen werden – national wie international.

... die Kompression von Videosequenzen wäre kein Problem mehr, Bilder könnten sowohl gespeichert als auch übertragen werden, und das in vertretbarer Geschwindigkeit.

... »Voice-Processing« wäre möglich, d. h. Sprache würde vom technischen Equipment erkannt und könnte verarbeitet werden. Der Rechner reagierte damit nicht mehr nur auf Tastendruck, sondern erledigte das, was man ihm im wahrsten Sinne des Wortes »sagte«.

... mit einem »Realtime-Translator« könnte zusätzlich jede Sprachbarriere überwunden werden.

Stellen wir uns ein System vor, das alle diese Komponenten beinhaltet, und nennen wir es »Medienstation«. Kernstück dieser Stationen wären ein HDTV-Monitor (HDTV, weil dies der Fernsehstandard der Zukunft sein wird, parallele Windows erlaubt und von der Bildqualität her eine bisher unbekannte Realitätsnähe erlaubt), eine videofähige Rechnereinheit auf Workstation-Basis, ein Fingerabdruckidentifikationsgerät, ein Magnetkartenspender und natürlich der obengenannte »Realtime-Translator«.

Gesteuert wird das System über Touch Screen oder aber »voice driven«. Die Station wäre damit kommunikationsfähig. Stellen wir uns weiter vor, daß sie mit einer Kamera ausgestattet wäre und damit auch als Bildtelefon verwendet werden könnte. Als weitere Peripherie hat sie eine Faxausgabe, und natürlich kann der Benutzer mit einem Handsprechgerät mobil telefonieren.

Die unterschiedlichsten Ebenen des menschlichen Wissens – seien es Bilder, Töne oder Schriften – könnten in diesem Szenario auf der Basis der Digitalisierung zueinander in Verbindung gebracht werden. Das bedeutet, die Glasfasertechnologie überwindet Raum und Zeitgrenzen in bisher unvorstellbarer Weise. In dieser digitalen Welt kann jederzeit alles überall erscheinen. Durch die Geschwindigkeit entsteht der Eindruck der Gegenwart von allem überall. Künstliche Welten treten neben die realen Welten. Die herkömmlichen Methoden der Orientierung verlieren ihre Geltungskraft. Maßgeschneiderte Navigationsmodelle müssen helfen, sich in dieser neuen alten Welt zurechtzufinden. Das ist der technische, aber auch der gedankliche Hintergrund, vor dem alles Folgende eingeordnet werden sollte.

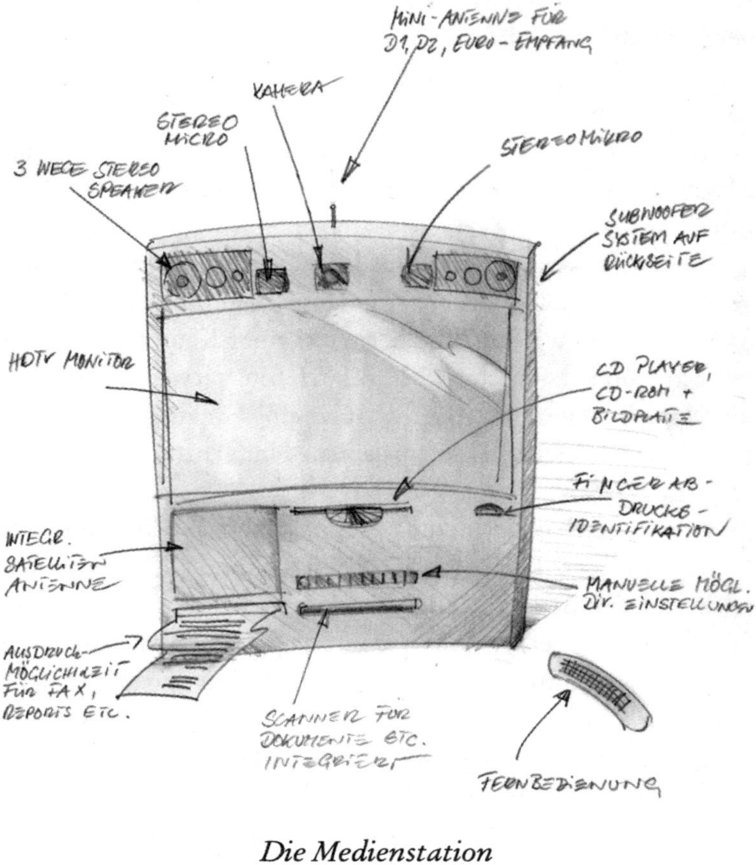

Die Medienstation

Diese hier beschriebenen neuen technischen Möglichkeiten, sollten nicht als *Muß*, sondern als *Kann* gesehen werden. So hat z. B. das Telefon heute sicherlich den Rang einer Grundinstallation in unserer Gesellschaft, trotzdem muß der Angerufene auf das Klingeln nicht reagieren. Diese Kann-Komponente wird heute noch unterstützt durch den Preisverfall z. B. bei Anrufbeantwortern. Sie sind kein Luxus mehr, sondern gehören in vielen Haushalten zur Grundausstattung. Das macht deutlich, wie reif der aufgeklärte Verbraucher mit Technik umgehen kann: Wenn man jetzt nicht kommunizieren möchte, dann nimmt der Anrufbeantworter das Gespräch entgegen. Später kann dann immer noch zurückgerufen werden.

Andererseits ist der Anwender durch das drahtlose Telefon überall erreichbar. Er kann also mit seinem Gesprächspartner »spazieren gehen«, muß es allerdings nicht.

Vor dem gleichen Kann-Muß-Hintergrund ist – dies nur zur Illustration – der Boom der Fahrräder zu sehen. Im High-Tech-Zeitalter scheint der Trend zur fast archaischen Fortbewegung mittels Fahrrad ein Rückschritt zu sein. Natürlich tragen zu dieser Renaissance des Fahrrads auch unterschiedlichste Modewellen bei – sei es die Öko-, die Gesundheits- oder allgemein die Sportwelle. Hinter diesem Boom steckt aber mehr als eine bloße Modeerscheinung. Ein flüchtiger Trend wird zur Philosophie. Fortbewegung wird nicht mehr rein funktionalistisch gesehen, Motto ist nicht immer, möglichst schnell ein Ziel zu erreichen. Radfahren ist die Wiederentdeckung einer Form der Fortbewegung, die zwischen Spazierengehen und Autofahren liegt.

Auch dieses Buch sollte vor dem Kann-Muß-Hintergrund betrachtet werden, denn es werden Chancen aufgewiesen, die nicht als Zwang zu verstehen sind. Auf Grund ihrer weitreichenden Auswirkungen werden sich aber für die Unternehmen und damit auch für den einzelnen Arbeitsplatz sowie im Privatleben eines jeden Einzelnen Änderungen ergeben, die existentiell sind. Die Betroffenen tun gut daran, früh genug über diese Entwicklungen nachzudenken.

Teil II
Wo führt das alles hin?

Kapitel 2
Die Welt der »Arbeit«

Verschiedene Ausblicke, was die Zukunft gerade im Bereich der Arbeit wohl bringen wird, wurden schon entwickelt. Alle erscheinen mehr oder weniger »utopisch«, sind nur schwer nachzuvollziehen. So stellt z. B. W. Roblick seine Vorstellungen vom Büro der Zukunft folgendermaßen dar (*Absatzwirtschaft*, 9/93): »Morgens (...) hat sich der leitende Angestellte Franz-Josef S. über Interactive Video (...) die Nachrichten und die interessierenden Teile der elektronischen Zeitung vorlesen lassen (...) von seinem persönlichen Kommunikationsassistenten (PCA) läßt er sich vorlesen, welche Anweisungen und Termine ihm sein derzeitiger Kontraktor nachts übermittelt hat. Danach entscheidet er, ob er ins Büro gehen, an seinem PCA zu Hause arbeiten wird oder einen Kunden-/Interessentenbesuch durchführen muß. Heute ist die Büro-Variante vorgesehen.

In den Bordcomputer seines PKW gibt er sein Fahrtziel ›Büro‹ ein. Automatisch werden ihm die bereits überlasteten Verkehrsknotenpunkte und Alternativen zur Umfahrung angezeigt. Gleichzeitig teilt das Funktelefon seinem Büro seine vorraussichtliche Ankunftszeit mit, damit das dortige Facility-Management-System (FMS) die erforderlichen Vorkehrungen treffen kann.

(...) Er kommt am Bürohausblock an. Der PKW weist sich durch die Charakteristika aus, die in seiner Blackbox gespeichert sind, und bekommt einen freien Parkplatz über das interne Leitsystem zugewiesen. Der am Eingang angebrachte Handabdruckleser identifiziert ihn und läßt sich vom FMS-Computer einen Schreibtisch zuweisen. Er steht in der 20. Etage.

Auf dem Weg zum Arbeitsplatz holt ein Kurier-Robot aus der zentralen Büroverwaltung seinen kompakten fahrbaren Aktenschrank und bringt diesen in den 20. Stock. Der Computer hat das Kommunikationssystem mit der entsprechenden Sicherheitsstufe freigeschaltet, das Telefonverzeichnis aktualisiert und anstehende elektronische Informationen überspielt.

Er setzt sich an seinen Schreibtisch. An diesem saß gestern ein anderer, und morgen wird wieder ein anderer dort sitzen und arbeiten. Er sieht, daß einige – immer seltener werdende – papierne Informationen auf seinem Schreibtisch vom Kurier-Robot abgelegt wurden, die er bearbeitet. Seine Workstation erinnnert ihn an ein gleich stattfindendes Gespräch, gibt ihm die Themen an und überspielt die erforderlichen Unterlagen auf seinen Pen-Top. Auf dem Weg zum Besprechungsraum erreicht ihn ein Anruf über das Universaltelefon, das ihn unterwegs begleitet. Schön, daß es gleichermaßen zu Hause, im Auto und im Büro funktioniert (...)«

Das hier entwickelte Szenario wird sicher noch einige Zeit bis zur Realität brauchen, aber es ist theoretisch machbar und wird ein grundsätzliches Szenario sein, das auf viele Bereiche übertragen werden kann.

Die neue Qualität des Generalismus

Grundlegende Veränderungen, die die neue Kombination der Technologien ermöglichen, werden auch in der Medizin deutlich: Helle Aufregung im Kreiskrankenhaus Hannover. Der Patient Hubert K. schwebt in Lebensgefahr. Er hat innere Verletzungen, die er sich im Auto bei einem Frontalzusammenstoß mit einem Laster zuzog. Der diensthabende Arzt untersucht den Patienten und erkennt, daß hier nur ein Spezialist weiterhelfen kann. Mit knappen Worten gibt er die Anweisung, alle Vorbereitungen zu treffen. Röntgenbilder und Blutwerte werden zusammengestellt, Angaben über den allgemeinen Gesundheitszustand des Patienten angeführt. Der Patient wird vom Pfleger in einen speziellen OP mit Kameras und den notwendigen technischen Vorrichtungen gebracht. Dann läßt der Arzt sich per Computer eine Liste ausgeben, auf der alle gefragten Spezialisten für diese Disziplin angeführt sind. Drei davon sind – so zeigt das Terminal an – in Bereitschaft. Unser Arzt aus dem Kreiskrankenhaus Hannover loggt sich bei einem Kollegen in Schweden ein. Der gibt sein »Okay« und bereitet sich 1000 km entfernt auf die Konsultation vor. Auch in Hannover laufen die Vorbereitungen auf Hochtouren. Die Röntgenbilder werden auf den Bildschirm übertragen, der Patient wird für den Eingriff vorbereitet. Per Bild kann der schwedische Spezialist jetzt die Aufnahmen begutachten und erste notwendige Maßnahmen vorschlagen. Bei der Öffnung des Patienten ist der Spezialist über die Bildübertragung immer »hautnah« dabei. Via Teleconsulting gibt der Schwede seine Empfehlungen. Die muß er nicht auf englisch oder deutsch weitergeben, seine Muttersprache reicht aus. Denn den Befund, den er auf schwedisch diagnostiziert, wird zum gleichen Zeitpunkt 1000 km entfernt auf deutsch registriert.

Expertenwissen – so zeigt dieses Beispiel – ist universell verfügbar. Wir haben es hier mit einem neuen Weg der ärztlichen Konsultation zu tun. Nationales und internationales Know-how muß nicht nur auf Meetings und Kongressen ausgetauscht, sondern kann auch in akuten Situationen zugänglich gemacht werden. Wissen kann vor Ort zum Einsatz kommen. Das bedeutet für den Bereich der Medizin: Menschenleben können gerettet werden. Der gefragte Sachverstand ist omnipräsent. Gefährliche Transporte von kranken Menschen in Spezialkliniken werden in vielen Fällen überflüssig. Nicht der Patient kommt zum Spezialisten, sondern das Können des Spezialisten ist für den Patienten überall verfügbar.

Über solche »Live-Konsultationen« hinaus bieten sich weitere Möglichkeiten durch konserviertes Wissen, z. B. in Form von Bilddatenbanken. Schon heute können steuerliche, medizinische oder rechtliche Spezialfragen über Datenbanken schnell und problemlos beantwortet werden. Der Anwender loggt sich auf die entsprechende Datenbank ein. Nach Auswahl und näherer Bestimmung des Problemfeldes können Diagnosen, Präzedenzfälle oder Steuertips abgerufen werden. Im Unterschied zu heute wird aber einerseits durch einen Anstieg der Nutzerzahlen das Expertenwissen mehr Menschen zugänglich. Andererseits wird sich der Umgang mit den Datenbanken verändern, denn sie werden das Fachwissen ganz neu – nämlich auch visuell – präsentieren.

Die Bedeutung des Expertenwissens wird in quantitativer und qualitativer Hinsicht neue Dimensionen erlangen. Spezialisten tragen dann keine Scheuklappen mehr, d. h. Spezialisierung bedeutet nicht mehr Einengung von Wissensgebieten. Kennzeichnend für das Spezialwissen wird die Problemtiefe sein, nicht die Abgrenzung von anderem Spezialwissen. Charakteristisch wird außerdem die Anwendungsfähigkeit von Wissen, auch von Spezialwissen sein. Wir haben es also mit einer anderen »Wissenskultur« zu tun. Wissen hat einen quasi zweckfreien Wert für den einzelnen Menschen. Wissen ist aber auch eine »Ware«, die vor dem Hintergrund des entwikkelten Szenarios vor allem »eingesetzt« wird. Das bedeutet: Entscheidungen über Sachfragen können durch globalere Verfügbarkeit von Information – von Spezialinformation – in einen viel komplexeren Gesamtzusammenhang gestellt werden. Die Folge: Doppelarbeit kann signifikant reduziert werden, Interdependenzen werden deutlich, Risiken früher sichtbar, langfristige Auswirkungen abschätzbarer, Auswirkungen auf angrenzende Fachgebiete erkennbar. Wissen war schon immer auch Verantwortung, jetzt kann man dieser Verantwortung durch universelle Verfügbarkeit des Wissens besser gerecht werden.

Eine neue Herausforderung für Wissenschaftler entsteht: Neben die Kompetenz auf der Wissensebene tritt die soziale Kompetenz. Wissenschaftler haben oftmals das Image von Menschen, die »im stillen Kämmerlein« bahnbrechende neue Erfindungen entwickeln. Der Wissenschaftler der Zukunft wird immer noch eine exzellenter Sachkenner sein, zudem aber ein erfolgreicher Kommunikator. Dies geschieht durchaus im eigenen Interesse, da sich der Wissenschaftler durch eine Kultur der offenen Kommunikation auch Kollegenwissen nutzbar machen kann. Auch heute tauschen Kollegen Wissen untereinander aus, der Kommunikationsweg ist aber länger und umständlicher. Kongresse, Symposien und Workshops häufen sich, haben oftmals aber nur die Funktion des »Sehen-und-Gesehen-Werdens und verschlingen viel Zeit und Geld. Hinsichtlich ihres Kommunikationsnutzens auf der Wissensebene bleiben sie aber fragwürdig.

Die Gesellschaft hat es mit einer neuen Qualität des Generalismus zu tun. Ging das Spezielle bisher in einem Punkt in die Tiefe und blieb das Generelle im Gegensatz dazu bei allen Punkten eher an der Oberfläche, so bedeutet Generalismus zukünftig ebenfalls Problemtiefe, und zwar für alle gewünschten oder erforderlichen Fragen. Eigentlich ist das keine neue Forderung. Goethe schrieb 1797 an Schiller: »Man muß, ohne die Erfahrung in die Breite verfolgen zu wollen, auf jedem Platz, in jedem Moment, soweit es einem vergönnt ist, in die Tiefe gehen« (aus: Pleines, Jürgen-Eckhard 〈Hg.〉: Das Problem des Allgemeinen in der Bildungstheorie, Würzburg 1987, S. 54). Neben den beiden bekannten Wissensdimensionen, dem speziellen Tiefenwissen und dem generellen Oberflächenwissen, kann somit von einer dritten Dimension des Wissens gesprochen werden: von der Summe allen Spezialwissens, die das Generalwissen ergibt. Es geht darum, sich endlich gedanklich zu emanzipieren und zu partizipieren. Der Einzelne wird in einen umfassenden Interpretationszusammenhang aufgenommen. Dieser Zusammenhang erschließt dann Natur, Gesellschaft und Kosmos und gibt dem Einzelnen die Chance, in ganz anderer Weise als bisher aktiv zu werden.

Spezialwissen wird abgefragt werden können, und das in weitaus größerem Umfang als bisher. Die neue Methode ist ein »intelligentes Abfragen«, ein Abfragen, das den Weg durch den Dschungel des umfangreichen und detaillierten Spezialwissens ermöglicht. In der intelligenten Fragestellung, die eine entsprechende Antwort erst möglich macht, wird das erreichbare Wissen antizipiert.

Soweit das Spezialwissen nicht digitalisiert ist und damit maschinell abrufbar wird, erschließt es sich durch zwischenmenschliche Kommunikation über Tausende von Kilometern hinweg. Diese Kommunikation wird – bezogen auf Fachthemen – eine völlig neue Dimension erhalten. Zur Positionierung von »richtig und falsch« können sehr viel tiefere Wissensebenen herangezogen werden. Ökonomischer Umgang mit der Zeit wird ermöglicht, da Doppelarbeit vermieden werden kann und gleichzeitig die Synergie des menschlichen Wissens neue Dimensionen der Erkenntnis erlaubt. Doch das ist nicht alles. Unterstellt man außerdem die Verfügbarkeit eines »Realtime-Translators«, so wird deutlich, daß sich bei der Wissenserforschung auch geographische Grenzen verwischen werden.

Dies führt einerseits zur Chance einer globalen Wissensebene und andererseits zu einem horizontalen wie auch vertikalen Synergiekonzept: horizontal, da angrenzende Wissensebenen erschlossen werden, und vertikal, da sämtliche Schichten einer Expertenrichtung einbezogen werden können. So wird beispielsweise die Arbeitsweise eines Architekten so aussehen: Er hat bei der Planung eines Hauses vertikal Zugang zu den Spezialisten der Werkstoffentwicklung, der Statik und zur jeweiligen Fachkompetenz bei den ausführenden Arbeiten. Horizontal erschließt sich ihm bei der Entwurfsarbeit das Wissen von Akustikern, Ökologen, Farbgestaltern und Künstlern.

Die hier entwickelten Ideen werfen ein Schlaglicht auf eine neue Dimension sozialen Verhaltens. Nicht das »Verschanzen« hinter fachlicher Autorität ist die Herausforderung der Zukunft, sondern die intelligente Kombinatorik, die intelligente Abfrage und damit das Finden relevanter Themen. Herrschaftswissen – ein bis dato nicht zu unterschätzender Machtfaktor in Wissenschaft, Wirtschaft und Politik – wird eine Sache der Vergangenheit sein. Wissen für alle ist die Dimension der Zukunft.

Back to the roots – der Mensch als Maßstab

Eine flächendeckende Anwendung der kombinierten Technologien hätte große Auswirkungen für den einzelnen Menschen, für das Zusammenleben, für die Familie. So würde sich z. B. für Familie D. die Organisation des Alltags von Grund auf ändern:

Hans D. lehnt sich entspannt zurück. Er sagt »Stopp, und seine Medienstation stellt sich ab. Feierabend, denkt er sich, steht auf und geht zum Kinderzimmer. Hier spielen Klaus und Evi, drei und fünf Jahre. Hans D. läuft weiter zur Küche, kocht einen Kaffee und für die Kleinen Kakao. Die Haustür geht auf, und seine Frau betritt den Flur: »War das ein Tag heute! Und dieser Verkehr!« Irene D. arbeitet als Wirtschaftsprüferin und ist viel unterwegs. Vor fünf Jahren, als sie mit Evi schwanger war, mußte sie die obligatorische Entscheidung treffen: Kind oder Karriere. Es traf sich gut, daß Hans' Betrieb zu diesem Zeitpunkt anfing, sogenannte »außerbetriebliche Arbeitsstätten« einzurichten. Er zögerte nicht lange, da er wußte, wie sehr seine Frau ihren Beruf liebte, und stellte den Antrag auf eine solche Arbeitsstätte. 60% seiner Arbeitszeit ist Hans D. jetzt zu Hause. Die Kinder gehen mittlerweile in den Kindergarten und werden nur zeitweise von einer Tagesmutter betreut. Hans ist sehr zufrieden. Die freie Zeiteinteilung kommt ihm und der Familie sehr entgegen. Arbeits- und Freizeit kann er jetzt optimal terminieren, sich ganz auf die Familie und die Bedürfnisse der Kinder einstellen und arbeiten, wenn seine »starken« Zeiten sind. Das kann auch manchmal mitten in der Nacht sein. So oder ähnlich könnte das Arbeitsszenario der Zukunft aussehen. Heimarbeit wird immer mehr an Bedeutung gewinnen, wird zur individuelleren Lebensplanung immer mehr in den Mittelpunkt rücken.

Wie kennen wir Heimarbeit? – Tüten kleben, Papier sortieren, wenn es hochkommt, Schreibarbeiten. Alles sogenannte »einfache« Tätigkeiten. Die neue Dimension allerdings heißt qualifizierte Arbeit in den eigenen vier Wänden. Die unterschiedlichsten Berufsfelder werden davon betroffen sein: Design, Wartung, Systementwicklung, Marketing, Beratungsberufe, Werbung, Programmieren, Telekomdienste wie Bestellannahme oder Auskünfte, Dolmetschen oder das Management.

Die Londoner Gesellschaft OVUM Ltd. veröffentlichte zu diesem Thema eine Studie. »Jegliches Arbeiten, das außerhalb der Räumlichkeiten eines Unternehmens durch die Mitarbeiter des Unternehmens stattfindet«, lautet die Definition für »flexible Arbeit«. Es wird geschätzt, daß 1992 erst 600 000 Mitarbeiterinnen und Mitarbeiter in Europa ihre Arbeit so frei gestalten können. Die Studie geht aber davon aus, daß sich diese Quote bis zum Jahre 2000 verzwanzigfachen wird, also 12 Millionen Menschen in den USA und Europa flexibel arbeiten werden. Mit dieser Prognose verbunden wird dort ein Hardwaremarkt von 4,6 Milliarden Dollar.

Im Bereich des Designs z. B. ist das Desktop-Publishing bereits weitgehend etabliert. Zu Hause wird am Bildschirm gearbeitet und über eine Standleitung das fertige Design zur Endredaktion, zur Druckerei oder zum Kunden expediert. Der Text kommt von einem Texter per ISDN-Leitung dazu, und die Bilder werden von einer Bildagentur digital zur Auswahl übermittelt. Gleichzeitig kann außerdem eine neue Dimension der Teamarbeit erreicht werden. So ist vorstellbar, daß verschiedene Designer auf der Welt verteilt in virtuellen Räumen an gleichen Designobjekten arbeiten. Mit virtuellen Räumen sind hier Datenräume gemeint. Das heißt, die Daten werden entweder im Netzwerk oder auf einem Speicher, der für jeden zugänglich ist, verfügbar gehalten. Jeder Teammitarbeiter hat somit Zugriff auf dieses digitale Objekt. Die verschiedenen Designer können miteinander kommunizieren, können sich absprechen und ergänzen, ohne Zeitverlust und ohne im gleichen Raum sitzen zu müssen.

»Virtuelle Realität« mit Worten zu beschreiben ist nicht einfach, klingt sehr technisch und erscheint eher langweilig. Der eigentliche Reiz, so erkannten auch Sherman/Judkins in ihrem Werk »Virtuelle Realität – Computer kreieren synthetische Welten« (München 1993), liegt in der Ausführung. Der Benutzer ist in einem dreidimensionalen grafischen Universum eingeschlossen und kann dort beeinflussen, was mit dieser künstlich erzeugten Welt geschieht. Das geschieht in Anlehnung an die Realität. Der einzige Unterschied ist, daß physikalische Naturgesetze außer Kraft gesetzt werden können. Wenn, wie oben beschrieben, diese künstlichen Welten dann noch per Netzwerk verbunden sind – man also gemeinsam von verschiedenen Orten aus in dieser virtuellen Welt arbeiten kann –, bringt das für viele Bereiche große Innovationen mit sich.

Die Ford-Werke beispielsweise arbeiten zwar noch nicht in virtuellen Räumen, sie haben aber schon heute ein internationales Netzwerk von Design-Applikationen etabliert. So können die unterschiedlichen Designauffassungen, aber auch verschiedene nationale Gestaltungstrends beim Designprozeß berücksichtigt werden. Angesichts der Investitionen, die z. B. für ein neues Fahrzeugmodell anfallen, tritt hier die ökonomische Komponente in den Vordergrund. Ein beträchtlicher Anteil der Kosten kann auf diese Weise gespart werden. Und das nicht zuletzt deshalb, weil diese Art der Zusammenarbeit beachtliche Optimierungsmöglichkeiten einer weltweiten Produktion mit sich bringt. Zeit und Geld werden gespart, und der traditionelle Arbeitsraum wird überflüssig.

Die Innovation im Arbeits- und Produktionsprozeß wird nicht nur durch eine rein räumliche Dimension spürbar. Vor allem neue, kreative Formen der Teamarbeit werden sich positiv auf die Herstellung von Produkten oder das Angebot von Dienstleistungen auswirken. So wird es ein alltäglicher Vorgang sein, daß ein Landschaftsplaner aus Zürich, ein Architekt aus Hamburg, Ökologen aus Amsterdam, Paris und Florenz, ein Städtebauer aus Berlin und mehrere Verkehrsplaner aus Stuttgart und Barcelona zwar an ihrer jeweiligen Arbeitsstätte sitzen, jedoch gemeinsam ein neues städtebauliches Konzept entwickeln – und zwar zur gleichen Zeit, am gleichen virtuellen Objekt. Viele Berichtigungen werden entfallen, da das konzeptionelle Know-how für alle verfügbar ist. Zudem werden die Gestalter parallel zu ihrer gestalterischen Arbeit per Videokonferenz miteinander im Dialog stehen. Ein Fenster auf dem Arbeitsschirm blendet den Gesprächspartner ein. So kann kommuniziert werden, während am Gestaltungsobjekt gearbeitet wird. Ganzheitliche Konzepte, die ein Maximum an Fachwissen der unterschiedlichsten Bereiche integrieren, werden möglich.

Durch permanente Weiterentwicklung der Digitalisierung über alle technischen Bereiche eröffnen sich außerdem im Bereich der Wartung softwaregesteuerter Prozesse weitreichende Möglichkeiten für die Heimarbeit. Schon heute gibt es Diagnosesoftware und Fernwartung von Softwaresystemen. Wenn dann noch die Möglichkeit eines flexiblen Arbeitsplatzes vorhanden ist, ergibt sich daraus für alle, die mit Softwarewartung zu tun haben, die Chance zur attraktiven Arbeitsplatzgestaltung. Der Servicetechniker muß künftig nicht mehr zwingend am Standort des PCs warten. Selbstdiagnose-Software erleichtert ihm die Arbeit, d. h. sie ermöglicht eine Fernwartung durch softwaregesteuerte, digitale Selbstdiagnose.

Der Techniker kann via Medienstation Probleme erkennen und lösen. Der Kunde fährt mit einer Kamera die kritischen Zonen ab, der Servicetechniker sieht das Problem und kann dann entscheiden, ob er zum Kunden fahren muß oder sich das Problem z. B. mit einem Ersatzteil lösen läßt. Diese Vorgehensweise reduziert Fehlversuche bei der Wartung, spart teure Fahrten des Servicepersonals und gewährleistet für den Kunden die schnellstmögliche Reparatur. Wenn beispielsweise große Druckmaschinen oder chemische Anlagen auf diese Weise gewartet worden wären, hätte es manche Panne nicht gegeben.

Im Bereich der Programmierung liegen die Chancen für Heimarbeit auf der Hand. Hier können Arbeitsgruppen – ein jeder an seinem »Schreibtisch« zu Hause – gemeinsam planen. Man setzt sich zusammen, um über »rapid prototyping« das Konzept eines Softwareproduktes zu erarbeiten. Die dahinterliegende »Softwaremaschine« wird dann in sinnvolle Elemente aufgeteilt. Die Schnittstellen der einzelnen Module werden exakt definiert. Danach hat jeder Entwickler die Möglichkeit, im Rahmen eines Zeitplanes seine Module zu entwickeln. Das kann er zeitlich absolut individuell machen. Zum Stichtag werden die Module zusammengelinkt, und das gewünschte Softwareprodukt ist fertig.

Für diese Arbeit ist es dann nicht mehr erforderlich, in herkömmlichen Büroräumen zu arbeiten. Kommunikation findet ähnlich wie beim Architektenteam statt, und der einzelne Entwickler hat trotzdem die Möglichkeit, zu Hause zu arbeiten.

Neue Dimensionen ergeben sich ebenfalls im Management, und zwar vor allem durch unterschiedlichste Kommunikationsmöglichkeiten. Jeder Mitarbeiter ist an seinem Platz – gleich ob im Büro, in der Wohnung oder auf Reisen. Der Manager kann sich in das System aufschalten, nach dem Stand der Arbeit fragen, Instruktionen geben oder Probleme lösen. Ein beachtlicher Zeitgewinn ist Konsequenz dieser Infrastruktur. Zusammenarbeit kann effektiver und flexibler werden. Der Manager hinterläßt bei Abwesenheit nicht nur das herkömmliche Text-E-Mail, sondern eine Bildnachricht.

Die Kommunikation in Unternehmen, die Electronic-mail gestützt arbeiten, wird sehr viel intensiver. Die anfängliche Angst vor einer Omnipräsenz vorgesetzer Stellen und damit einer permanenten Kontrolle verebbt sehr bald, wenn der Nutzen der neuen Kommunikationsmöglichkeiten deutlich wird. Innerbetriebliche Synergien werden möglich: Hat ein Systemanalytiker z. B. ein spezifisches Kundenproblem, so kann er per E-Mail alle Mitarbeiter des Unternehmens fragen, ob einer ihm bei dem beschriebenen Problem helfen kann.

Werden Grundentscheidungen, die für das ganze Unternehmen wichtig sind, getroffen, so kann das verantwortliche Management innerhalb von Sekunden die gesamte Mitarbeiterschaft national und international informieren. Üblicherweise erfahren die Mitarbeiter eines Unternehmens heutzutage die strategischen Entscheidungen erst über die »Betriebstrommel« und danach über die Presse.

Kommuniziert man zudem mit einer bildgestützten Nachricht, dann erscheinen Top-Manager nicht mehr als »die da oben«, sondern nehmen, wie der Kollege nebenan, am Tagesgeschehen teil. Die innerbetriebliche Kommunikation wird produktiv genutzt. In einer Zeit flacher Hierarchien und notwendiger Informationsgeschwindigkeit wird dieses Informationsmanagement zu einem strategischen Erfolgsfaktor.

Wer ist nun der eigentliche Nutznießer der neuen Technik? Wer profitiert von den Auswirkungen dieser Technik? Den Nutzen haben in diesem Falle beide Seiten – der Arbeitgeber und der Arbeitnehmer. Profitiert ersterer vor allem im ökonomischen Bereich – verringerter Büroraumbedarf, Zeitersparnis, effektivere Ressourcennutzung, motivierte Mitarbeiter –, wirken sich bei letzterem die Folgen auf seine gesamte Lebensgestaltung positiv aus. Ein Heimarbeitsplatz hat Auswirkungen, die weit über die Organisation der Arbeit hinausgehen und den Einzelnen bei effektiver Nutzung freier machen.

Diese Freiheit durch unbegrenzte Kommunikation führt an unsere Wurzeln zurück. Mit dem Eintritt in das Zeitalter der industriellen Revolution wurden die Bereiche Arbeit und Wohnen getrennt. Der Industrialisierung waren die Bauernbefreiung sowie die Gewerbe- und Handelsfreiheit vorausgegangen. Da aber ein Großteil der aus feudaler Untertänigkeit entlassenen Bauern zu wenig Land besaß, um davon leben zu können, wanderten sie in die Industriegebiete ab. Viele Handwerker, die durch die Entwicklung der Maschinen arbeitslos geworden waren, gingen denselben Weg. Es begann ein Prozeß der Urbanisierung, dessen revolutionäre Auswirkungen erst hundert Jahre später voll bewußt wurden. Durch den Strom in die Städte veränderten sich vertraute Haus- und Wohnformen radikal, und damit wandelten sich auch Familien- und Arbeitsverhältnisse entscheidend. Völlig neue Strukturen ergaben sich. Ein paar Zahlen verdeutlichen das: 1871 lebten 4,8% der Einwohner des Deutschen Reiches in Großstädten mit mehr als 100000 Einwohnern, 1910 waren es bereits 31,2%. In Landgemeinden mit weniger als 2000 Einwohnern findet man das umgekehrte Verhältnis. Hier verringerte sich der Anteil der Einwohner von 63,9% auf 39,9 (aus: Wohnalltag in Deutschland 1850-1914. Bilder, Daten, Dokumente, hrsg. von Hans J. Teuteberg und Clemens Wischermann, Münster 1985).

Grundlegendes Merkmal dieses Urbanisierungsprozesses war die Trennung von Wohnung und Arbeitsstätte. Hatte früher der Handwerker seine Werkstatt im Haus, übte der Landwirt oder der Knecht seine Tätigkeit auf dem Hof aus, so mußte der Industriearbeiter später zum Teil sehr lange Anfahrtswege zur Fabrik in Kauf nehmen. Schon 1891 machte sich J. H. Heidmann in seinem Aufsatz über »Hamburg's Verkehrsmittel und Wohnungsverhältnisse« (Hamburg 1891, S. 8-10) Gedanken über die verschwendete Zeit bei langen Anfahrtswegen:

»Wenn darüber gestritten werden kann, ob hohe Arbeitslöhne einem Lande zum Segen oder zum Schaden gereichen, so kann über Eines sicher nicht gestritten werden, und das ist über den Verlust am Nationalvermögen, der durch gänzlich Werthlose Zeit- und Kraft-Verschwendung der arbeitenden Klasse entsteht. Eine solche aber schließen die langen und ermüdenden Wege in sich, welche der Arbeiter gezwungen wird zurückzulegen, um von seiner Wohnstelle an seinen Arbeitsplatz zu gelangen (...) Der Arbeiter wird überhastet aus seiner Wohnung fortkommen, kaum im Stehen eine Tasse Kaffee und ein trockenes Stück Brot zu sich nehmen und durch den langen Weg, den er während eines großen Theils des Jahres im Dunkeln, häufig bei Regen, Schnee und Schmutz zurücklegt, nicht gerade in der freundlichsten Stimmung an seine Arbeit kommen. Dieses ungemüthliche Gefühl wird ihn mindestens an 100 Tagen im Jahr beherrschen, ihm das nehmen, was der Franzose unter Elan versteht, also lähmend auf seine Thätigkeit einwirken.«

Die Entfernungen zwischen Arbeit und Wohnen bzw. Freizeit wurden in den vergangenen Jahrzehnten immer größer. Mit dieser rein räumlichen Entfernung des Menschen von seiner Arbeitstätigkeit ging auch eine inhaltliche Entfernung einher.

»Das Werk soll seinen Meister loben« ist nichts anderes als der Ausdruck der unmittelbaren Identifikation des Herstellers mit seinem Werk und Maßstab für den Erfolg in einer zunehmend abstrakter werdenden Realität der menschlichen Arbeit.

Hinzu kommt ein Verlust von Unternehmerpersönlichkeiten, die zumindest in Deutschland die Nachkriegszeit geprägt haben. Bosch, Krupp, Bahlsen, Abs – Persönlichkeiten, die für die Entwicklungen ihrer jeweiligen Unternehmen stehen. Sie sorgten für Identifikation der Mitarbeiterinnen und Mitarbeiter mit dem jeweiligen Betrieb. Die Anonymisierung des Kapitals und der damit einhergehende Schwund an Unternehmerpersönlichkeiten sind ein weiterer Aspekt des Identifikationsverlustes.

Moderne Ansätze wie Corporate Identity und Corporate Culture versuchen, dieser oben angesprochenen »Sinnentleerung« entgegenzusteuern. Die Folge der wohl am Ende zu hohen Spezialisierung ist Entfremdung und damit Demotivation der Mitarbeiter. Sinnentleerung, mechanistisches Denken und das Gefühl der eigenen »Wertlosigkeit« dominieren. Themen wie z. B. Alkohol am Arbeitsplatz und Ersatzreligion müssen sicherlich auch vor diesem Hintergrund gesehen werden. Hohe Produktivität kann in der entwickelten Gesellschaft nicht um den Preis der Denaturierung des Menschen gekauft werden. Der Mensch dient nicht der Arbeit, sondern die Arbeit dem Menschen. So sollte es zumindest sein. Deshalb muß beim Thema Akzeptanz von Technologie auch immer wieder die Frage aufgeworfen werden, ob wir uns auf der Basis eines ethischen Konzeptes weiter nach vorne entwickeln oder de facto nach hinten. Letzteres käme zwangsläufig einer »Verdummung« des Menschen gleich. Darüber hinaus ist die Sensibilität in unserer »One-World« für eine globale Verantwortung gestiegen – ein qualitativer Aspekt, der hinzukommt. Der »Scheinwohlstand« reicherer Länder zu Lasten zukünftiger Generationen und anderer Regionen der Welt erscheint als Pyrrhussieg. Menschliche Urbedürfnisse nach Identifikation werden uns heute noch deutlich vor Augen geführt. Der Konflikt im ehemaligen Jugoslawien ist ein aktuelles Beispiel: Auch ein industriell entwickeltes Land kann also die »Ursehnsüchte« der Menschen nicht substituieren.

Zwar gleicht es einer Verklärung, wenn die vermeintlich malerischen Lebensverhältnisse in der vorindustriellen »alten« Stadt beschworen werden, doch durch neue Arbeitsformen könnte die Trennung der Bereiche teilweise aufgehoben werden. Der Mensch erhielte somit seine »natürliche« oder »ursprüngliche« Lebens- und Arbeitsform zurück. Die beiden »Welten« – Arbeit und Leben – würden sich nicht mehr ausschließen, sondern ergänzen und zu einem harmonischen Ganzen zusammenfügen.

Erste Versuche, in Produktionsbereichen eine Identifikation des Menschen mit seiner Arbeit wiederherzustellen, wurden im Bereich der Automobilindustrie unternommen: Die Workgroup ersetzt jetzt das Fließband. Auch neuere Entwicklungen, wie die Philosophie »small is beautiful« und »think global, act local«, sind nichts anderes als der Versuch, dem Menschen Identifikationsraum zu geben, also überschaubare Systeme zu schaffen, die den Menschen einen »Sinn« in seiner Arbeit erkennen lassen. Selbst industrielle Organisationsformen, die vor wenigen Jahren noch als Konglomerate existierten, sind heute auf dem Weg zur Dezentralität und damit zur Identifikation. Als herausragendes Experiment ist hierbei die Firma ABB zu nennen. Es wird hier von positiven Erfahrungen mit einer quasi »internen Entflechtung« gesprochen. Die Entwicklung vom Konzerndenken über Profitcenter hin zu etwa 60 selbständig operierenden Organisationseinheiten (GmbHs) findet eine konsequente

Fortsetzung in dezentraler Arbeit an mitarbeiterorientierten Arbeitsplätzen.

Für betriebliche Organisationen bedeutet dieser Ansatz eine Revolution. Sehr stark sind Unternehmen auch heute noch hierarchisch organisiert. Lean production und menschenorientiertes Führungsverhalten sind schöne Begriffe. Leider verdecken sie oftmals die tatsächliche Situation im Unternehmen.

Was hier skizziert wird, stellt gewisse Führungsmethoden ins Abseits. Herrschaftswissen als Führungsinstrument scheidet aus, da Informationen omnipräsent sind. Unmittelbare Kontrolle – oder eleganter ausgedrückt: das Führen an der »kurzen Leine« – hat ausgedient. Unmittelbare persönliche Einwirkung über direkte Kontrolle entfällt, da der Mitarbeiter oftmals »nur« telepräsent ist. Mit anderen Worten, maschinenunterstützte Präsenz ersetzt die physische Anwesenheit. Dies wird sich von Arbeitsfeld zu Arbeitsfeld unterschiedlich darstellen. Aber: Der Mensch ist dadurch freier und flexibler, kann sich an jedem Ort aufhalten und ist via Medienstation dennoch erreichbar.

Die Tatsache, daß alle Unternehmen, die ohne diese direkte Kontrolle auskommen müssen, eine besonders ausgeprägte Unternehmenskultur haben, beweist die Stichhaltigkeit dieser Aussage. Beispiele dafür sind die Softwareschmieden, aber ebenso Fernsehanstalten oder journalistische Unternehmen. Eine ganze Heerschar von Trainern mit dem Angebot »Motivation von Mitarbeitern« würde endlich an Bedeutung verlieren. Von Politikern und Gesellschaftstheoretikern immer wieder in Sonntagsreden proklamiert, aber selten wirklich praktiziert, kann dann auch in den Unternehmen von einem Menschenbild ausgegangen werden, das den Menschen nicht als »Input-Output-System« begreift, sondern jedem einzelnen eine motivierte und positive Grundeinstellung zur eigenen Arbeit zubilligt. Es ist die Aufgabe eines jeden Unternehmens, diese vorhandene Motivation zu nutzen und den Beschäftigten ein Identifikations- und Sinnangebot zu machen, das es erlaubt, persönliche Ziele mit Unternehmenszielen weitgehend in Einklang zu bringen.

Das Management der Zukunft und somit das Unternehmen der Zukunft bietet den Mitarbeitern also Identifikation durch eine erkennbare und gelebte Strategie an. Diese Strategie und ihre Einzelziele sind in ihrer Summe die Umsetzung einer Vision für das Unternehmen. Vision ist hierbei nicht quantitativ zu verstehen, sondern qualitativ. Sie muß erreichbar erscheinen und trotzdem so viel Faszination ausstrahlen, daß es lohnend erscheint, an der Realisation dieser Vision mitzuwirken. In der Folge sind dann auch quantitative Aussagen möglich. Eine rein quantitative Vision erlaubt aber keine persönliche Identifikation. Diese Erarbeitung einer Vision ist ein langfristiger und höchst schwieriger Prozeß. Er ist weit entfernt von den Visionsdiskussionen unserer Tage, die sich bei genauerem Hinsehen oftmals als intellektuelle Spielereien ohne inhaltliche Relevanz herausstellen. Es darf nämlich nicht vergessen werden, daß gesellschaftliche Prozesse ebenso zu berücksichtigen sind wie der Technologiefortschritt, der Wertewandel, die Internationalisierung, das Wettbewerbsverhalten und die Politikentwicklung. Alle diese Aspekte müssen Bestandteil der Diskussion sein und damit auch bei der Unternehmensplanung berücksichtigt werden. Sie sind so darzustellen, daß das konkrete Unternehmen eine Perspektive gewinnen kann, die aufgezeigten Langfristziele auch zu erreichen. Konfuzius brachte es auf den kurzen Nenner: »Wenn über das Grundsätzliche keine Einigkeit besteht, hat es keinen Sinn, miteinander Pläne zu schmieden.«

Als Führungsinstrumente der Zukunft werden daher dominieren: Einerseits die Persönlichkeit des Vorgesetzten, d. h. sein Führungsanspruch wird durch persönliche Kompetenz, Erfahrung und eben Persönlichkeit umgesetzt. Andererseits spielt seine Moderationsfähigkeit eine große Rolle, d. h. die Fähigkeit, auch in Konfliktsituationen unterschiedliche Meinungen im Dienste der Sache auf einen gemeinsamen Nenner zu bringen, und die Fähigkeit, notwendige Kommunikationsprozesse zu initiieren, um eine sachgerechte Lösung zu erreichen.

Wichtig ist ebenfalls die Fähigkeit, Entscheidungen zu treffen, und das Gespür, verantwortungsvolle Aufgaben an die »richtigen« Mitarbeiter zu delegieren.

Management »by muddling through« hat zumindest hinsichtlich des Menschenbildes ausgedient. Visionäres Management ist nicht länger der Luxusartikel von esoterisch angehauchten Managerkreisen, sondern elementares, pragmatisches Führungsinstrument. Und zwar ein Führungsinstrument, das einen möglichen Mitarbeiter nicht über sogenannte Motivationstechniken gewinnen muß, sondern Faszination und Identifikation erreicht.

Die Zukunft gehört ganz eindeutig den Netzwerken, und zwar Netzwerken aus Menschen und Netzwerken aus Organisationseinheiten, die sich synergetisch zu größeren Netzen zusammenfügen. Die Wirtschaft ist wieder auf dem Weg, sich ihrer eigentlichen gesellschaftlichen Funktion zu nähern: weg vom Selbstzweck, hin zu einer konsequenten Orientierung an den menschlichen Bedürfnissen.

Aber natürlich hat das entwickelte Szenario auch Konsequenzen für den Mitarbeiter. Beamtenmentalität und Antriebsschwäche mögen in größeren betrieblichen Systemen noch zu kaschieren sein, im Falle einer selbstbestimmten Arbeit allerdings führen sie zu keinem ausreichenden Arbeitsergebnis und bewirken damit nur ein besonders intensives Gefühl der Frustration. Der leistungswillige Mitarbeiter wird sich in dem hier skizzierten System wohl fühlen. Wer ohnedies keinen Antrieb besitzt, wird sich in der hier besprochenen Welt noch weniger wiederfinden.

Wenn aber Entmündigungsprozesse und Gefühle der Sinnlosigkeit deutlich reduziert werden können, wenn Alkohol am Arbeitsplatz, Flucht in Ersatzreligionen und andere Erlebnisse eigener »Nutzlosigkeit« signifikant verringert werden können, dann hat das hier entwickelte Szenario vielen Menschen wichtige Teile ihrer Selbstbestimmung wiedergegeben. Auch der Umgang mit Selbstbestimmung und Freiheit will gelernt sein. Gerade die jüngste Entwicklung der deutschen Geschichte kann in diesem Zusammenhang als Lehrstück gelten. Die ersten Bedürfnisse, die nach dem Wegfall der innerdeutschen Grenze befriedigt wurden, waren neben Konsumgütern die persönliche Mobilität und auch der Bildungshunger. Wenn Technologie diese Sehnsüchte fördern und befriedigen kann, dann wird sie sich durchsetzen.

Sinn dieser Ausführungen ist es nicht, paradiesische Zustände zu zeichnen. Es ist klar: Die neuen Möglichkeiten werden nicht nur Lösungen alter, sondern auch neue Probleme zutage fördern. Meint man es aber ernst mit einem Menschenbild, das von der Autonomie der Person und vom Ideal der Selbstbestimmung ausgeht, dann sind die hier gezeigten Möglichkeiten zu begrüßen. Jeder Techniksprung brauchte seine Akzeptanzzeit. Wie weit und wie steinig ein solcher Weg ist, macht der Blick auf die Ausgangssituation der Unternehmen unserer Tage deutlich.

Die neue Devise heißt: »Nicht die Großen fressen die Kleinen, sondern die Schnellen die Langsamen.« An dem Tag, an dem Flexibilität und Reaktionsgeschwindigkeit in nationalem wie internationalem Maßstab über Erfolg oder Mißerfolg eines Unternehmens entscheiden, werden die großen Unternehmen und Konglomerate massive Probleme bekommen. Die vorhandene Kapitalkraft wird diese Umbrüche noch hinauszögern, verhindern wird sie sie jedoch nicht.

»Jobprofi« – das neue Jobprofil

Die neuen technischen Möglichkeiten werden in wichtigen Teilbereichen unser gesellschaftliches Leben revolutionieren. Nicht nur die Wirtschaft und ihre Abläufe werden ihr Gesicht verändern, auch das normale gesellschaftliche Leben wird andere Impulse umzusetzen haben. Man kann hier von einer wechselseitigen Beeinflussung sprechen. Wirtschaftliche Abläufe und gesellschaftliche Ansprüche können nicht mehr getrennt voneinander bewertet werden.

Wenn Heimarbeit den Arbeitsablauf von Grund auf verändert, kann damit beispielsweise die Rollenverteilung in der Ehe konsequent überdacht werden. Das impliziert Veränderungen, die ein grundsätzliches Nach- und Umdenken in der Gesellschaft verlangen.

In jüngster Zeit verschaffte die Einführung des Telefax einen ersten Eindruck, wie schnell Kommunikation werden kann, wenn ein solcher Beschleuniger zwischengeschaltet ist. Brauchte ein Brief früher teilweise drei, im schlechteren Falle sogar noch mehr Tage, so ist der Satz »Faxen Sie mir das doch eben mal zu« heute Standard im Büro. Der Leser sollte sich klarmachen, daß vor allem bei international arbeitenden Unternehmen Kommunikation ohne Telefax heute schon nicht mehr denkbar ist. Hier ist der Geschwindigkeitsgewinn quasi Erfolgsvoraussetzung geworden. 70% des Posteingangs im gehobenen oder Top-Management sind heute bereits Faxe.

Diese kleine Revolution ging noch weitgehend unbemerkt über die Bühne. Dies liegt auch daran, daß ein Fax den »Telegrammcharakter« der Anfangszeit nicht mehr hat und als normale Eingangspost gehandhabt wird. Problemlos war die Gewöhnung an Kommunikation per Telefax natürlich auch deshalb, weil wir es immer noch mit dem »archaischen« Material Papier zu tun haben. Langwieriger wird der Gewöhnungsprozeß bei der papierlosen Kommunikation. Doch nun zur Betrachtung beispielhafter Bereiche, in denen sich Veränderungen ergeben werden:

Ganze Branchen werden durch die konsequente internationale Nutzung der medienintegrierenden Technik ein neues Gesicht bekommen. Wenn es durch Translator-Module keine ernsthaften Fremdsprachprobleme mehr gibt, sind zudem alle nachfolgenden Ausführungen unter dem Aspekt der Internationalität zu beachten.

Wie würde sich z. B. das Berufsbild der Sekretärin mit der neuen Technik darstellen? Bis dato ist ein zeitraubender Teil der Sekretariatsarbeit das Verfassen von Texten. Der Text wird diktiert und damit zum ersten Mal im Diktaphon erfaßt. Dann wird er abgeschrieben und ein zweites Mal erfaßt. Danach wird er ausgedruckt und dem Diktierenden vorgelegt. Abschließend wird der Text korrigiert, wieder vorgelegt und endlich unterschrieben. Jetzt muß er nur noch eingetütet und versandt werden. Nach der Ankunft beim Adressaten wird der Brief ausgepackt und sorgt für Aktionen oder für einen Antwortbrief – die gleiche Prozedur beginnt von neuem.

Dieses Vorgehen ist umständlich und zeitaufwendig. Die Zukunft eröffnet Möglichkeiten, die Kommunikation mit Dokumenten zu vereinfachen, zu effektivieren. Das kann dann so aussehen: Der Diktierende spricht seinen Text in den Bildschirm – optional kann die Nachricht auch gleich mitgefilmt werden. Der Text oder die Nachricht kann bei Bedarf sofort korrigiert werden. Dann wird – ebenfalls »voice driven« – veranlaßt: konventionell ausdrucken, faxen oder als Videosignal über die ISDN-Leitung schicken. Automatisch wird eine Kopie archiviert, ebenso ein hausinterner Verteiler für die Mitarbeiter, die wissen müssen, an wen die Nachricht gegangen ist.

Ähnliches gilt für den Empfänger der Nachricht: Er kann den vorliegenden Text direkt auf dem Bildschirm lesen oder kommentieren und damit sofort auf Inhalte eingehen. Auch er hat die Möglichkeit, einen hausinternen Verteiler zu aktivieren oder den Brief mit entsprechenden Vermerken sofort an die richtige Stelle weiterzuleiten.

Die Sekretärin verliert durch diese moderne Art der Kommunikation sicher nicht ihren Job, sie ist aber befreit von der oft lästigen Tipperei. Die Folge ist eine Qualifizierung ihrer Arbeitsinhalte. Die Aufgaben der Zukunft sind für eine Sekretärin mehr noch als heute die Recherche, die Terminkontrolle, die Reiseoptimierung, Organisation von Events oder Meetings.

Es wird ein langer Weg sein, bis dieses Berufsszenario Wirklichkeit geworden ist. Zu sehr ist gerade dieser Berufsstand geprägt von Statusdenken. Es gehört zur »Ausstattung« einer entsprechenden Position, eine oder mehrere Sekretärinnen zu haben. Es ist zu hoffen, daß verantwortliche Manager den Nutzen einer Assistentin erkennen und daher die Qualifizierung nicht zuletzt aus eigenem Interesse fördern. Unternehmen, die das Sekretariat, diese wichtige Quelle der Organisationsleistung und Kommunikation, besser einsetzen, werden schneller und effizienter sein.

Doch nicht nur im Sekretariat wird sich die Arbeit oder besser die Organisation der Arbeit verändern. Auch andere Berufs- und Tätigkeitssparten werden ein anderes Profil bekommen. Schneller und effizienter würde zum Beispiel auch der Service von Versicherungsunternehmen. Im Mittelpunkt der Tätigkeit eines Versicherungsvertreters steht das Akquirieren neuer Aufträge. Geschah dies bis dato in Form von Anschreiben, Telefonaten und persönlichen Besuchen, so wird dem Vertreter künftig die Tätigkeit nachhaltig erleichtert. Via Medienstation kann er Anfragen und Angebote an jeden Haushalt in Form eines motivierenden Films senden und ist im umgekehrten Fall bei einer Anfrage durch einen Versicherten sofort erreichbar. Durch die Medienstation kann also das persönliche Gespräch initiiert werden, um dann durch psychologisch geschickte Gesprächsführung Erfolge zu erreichen. Lediglich der Ansatzpunkt ist somit ein anderer. Die Zeit des »Klinkenputzens« kann vorbei sein. Die Zeit der Werbe-Papierberge ebenfalls. Gleichzeitig müssen sich auch die Versicherungsunternehmen umstellen. Der Konkurrenzkampf wird nicht an Schärfe verlieren, aber die vertriebliche Präsenz via Medienstation wird eine tiefgreifende Veränderung des Vertriebsgeschehens zur Folge haben. So ist vorstellbar, daß Telepräsentationen dem Versicherungsaußendienst die »Schau« stehlen. Durch Übersetzungsprogramme und damit das Wegfallen von Verständigungsschwierigkeiten werden auch ausländische Gesellschaften auf dem heimischen Markt präsent sein. So wird beispielsweise eine in Frankreich beheimatete Versicherungsgesellschaft via Medienstation ohne Probleme ihr Angebot in Deutschland oder Spanien abgeben können. Dies führt dann – gerade vor dem Hintergrund des EG-Binnenmarktes – zu einer neuen, für viele verschärften Situation im Wettbewerb.

Auch der Autoverkäufer muß sich umstellen. Die Zeit der Autoprospekte ist vorbei, Fahrzeuge werden in einer beeindruckenden Wüstenlandschaft, am Meer oder vor dem Hintergrund einer bizarren Bergkette präsentiert. Teleshopping findet schon heute steigende Beachtung. Nichts anderes wird die Zukunft bringen. Allerdings werden die Inhalte besser selektiert, mit deutlich mehr Produkten und auf Abfrage.

Das Bestellen per Postkarte bei Versandhäusern ist inzwischen eine gängige Form des Einkaufens. Das Anliefern von gefrorenen Fertiggerichten oder von Getränken wird ebenfalls allgemein praktiziert und akzeptiert. Dennoch dominiert diese Einkaufsform des »Ordering« unser Einkaufsverhalten nicht und beschränkt sich auf bestimmte Bereiche. Ausgenommen sind bislang frische Lebensmittel. Ein Grund dafür ist die Zeitspanne zwischen Kauf und Verzehr. Der Kunde erwartet zu Recht, daß sein Bedürfnis nach frischen Lebensmitteln möglichst umgehend erfüllt wird. Eine Wartezeit von einigen Tagen will er nicht hinnehmen. Angenommen, es bestünde ein perfekter Kurierdienst, der diesen zeitlichen Faktor ausschalten könnte, was würde uns dennoch daran hindern, Obst, Gemüse und Wurst via Bildschirm einzukaufen? Hinderungsgrund wäre das visuelle Erlebnis. Man möchte sehen, wie die Tomate wirklich aussieht, hat sie grüne Stellen oder ist sie faul? In keinem Bereich ist das Aussehen und die Konsistenz so essentiell wie bei Lebensmitteln. »Das Auge ißt mit«, heißt es umgangssprachlich. Aber auch das kann jetzt via Medienstation überprüft werden. Der Kunde sitzt am Bildschirm, bewegt eine Kamera über die Auslage des Lebensmittelhändlers und kann prüfen, ob die Banane reif, der Käse goldgelb ist. Die Ware wird per Tastendruck bestellt, das Warten an der Kasse gehört der Vergangenheit an, gezahlt wird via Bankeinzug, und ohne großen Aufwand werden die Einkäufe eine halbe Stunde später ins Haus geliefert.

Akzeptiert würde eine solche Einkaufsform natürlich nur, wenn sie sich auf soziale Voraussetzungen stützen kann. So geht für eine Hausfrau oder einen Hausmann das Einkaufen meist Hand in Hand mit sozialem Kontakt. Unvertretbar wäre es, wenn das menschliche Miteinander auf ein Miteinander der Medienstationen reduziert würde. Das Einkaufen des täglichen Bedarfs dürfte also nicht mehr als Sozialfaktor dominieren, und der Videoeinkauf sollte als ergänzende Einkaufsform möglich werden. Dann wäre die notwendige gesellschaftliche Akzeptanz gegeben: Videoeinkauf für den, der keine Zeit hat, und gleichzeitig Qualifizierung des »Ladens an der Ecke« im Sinne einer Erlebniswelt. Wird heute der Einkauf von Grundnahrungsmitteln oftmals als lästige Pflicht gesehen, so kann diese Pflicht künftig per Knopfdruck erledigt werden. Einkaufen entwickelt sich zur »Freizeitbeschäftigung«, wird in einer »Erlebniswelt« zum Vergnügen. Diese Erlebniswelten werden neben der Warenpräsentation unterhaltende Darbietungen in ihrem Programm haben: Jazzbands, Theatergruppen und ähnliches. In den Wandelhallen stehen »Snack-Points«, Bistros laden zur Pause ein, Bastelstuben für Erwachsene locken mit dem Angebot, neue Produkte auszuprobieren (auch ein Mekka für Marktforscher), und Kinos vervollständigen die Erlebniswelt.

Diese Entwicklung ist heute schon absehbar. So kennen wir die »Megastores« auf den grünen Wiesen. Hier wird einmal in der Woche der Bedarf des täglichen Lebens eingekauft, von den Cornflakes bis zur Butter. Die Innenstädte dagegen putzen sich heraus mit Wandelhallen und »In-door-Parks«. Hier wird dann das eigentliche Einkaufserlebnis vermittelt.

Der herkömmliche Versandhandel ist aus anderen Gründen erfolgreich. Oftmals geht es hier vor allem um verbraucherfreundliche Zahlungsmodalitäten. Gerade an diesem Beispiel läßt sich zeigen, wie flexibel Kunden sind, und zwar dann, wenn ihre Bedürfnisse »getroffen« werden.

Insgesamt wird sich dem veränderten Einkaufssystem und -verhalten wohl auch das Berufsdesign des Verkäufers anpassen. Waren müssen videogerecht präsentiert werden, denn das Einkaufen als »Freizeitspaß« schafft neue Anforderungen. Verkaufen wird sich zunehmend zum »Showbusineß« entwikkeln.

Auswirkungen haben diese Änderungen auch auf die Vermarktung von Wohnobjekten. Wer jemals auf Häuser- oder Wohnungssuche bei einem Immobilienmakler war, der kennt die Situation: Die Objekte werden beschrieben, man sieht ein Foto, hat äußere Angaben und kann sich doch nur wenig darunter vorstellen. Drei Zimmer-Küche-Bad mit Loggia sind eben nicht einfach drei Zimmer mit einer Küche, Bad und Loggia. Entscheidend sind der Schnitt der Wohnung, die Einbindung der Verkehrsflächen und nicht zuletzt die Gesamtlage in einem Haus und das landschaftliche Ambiente. Konsequenz daraus ist, daß nach einer gewissen Vorauswahl die Häuser oder Wohnungen besucht und besichtigt werden. Das nimmt viel Zeit in Anspruch, Zeit des potentiellen Käufers, Zeit aber auch des Maklers.

Vor dem beschriebenen technologischen Hintergrund könnte das »Immobilien-Szenario« wie folgt aussehen: Jedes Objekt wird aus jeder Perspektive mit allen möglichen Lichteinflüssen gefilmt. Dann werden die Daten digitalisiert und in einem entsprechenden Rechner zur Verfügung gestellt. Ergebnis ist ein virtueller Raum, der die Wirklichkeit 1:1 abbildet. Er kann »mit den Augen« begangen werden, selbst wenn es sich um ein kleines Ferienhäuschen in der Toskana handelt, die Immobilienfirma aber in Frankfurt ihren Sitz hat. Der Käufer muß das Objekt nicht mehr »unbesehen« kaufen. Er erhält die möglichen Angebote vom Makler via ISDN-Leitung direkt ins Haus und kann durch eine spezielle Steuerung das Haus begehen. Es wird Software geben, die es erlaubt, in dieses neue Haus die vorhandenen Möbel einzublenden, um so einen Eindruck zu erhalten, wie der Wohnraum nach dem Umzug aussieht. Die Situation »Gekauft habe ich einen modernen Ferienbungalow, bekommen eine vermoderte Holzhütte« gehört dann endgültig der Vergangenheit an. Der Makler wird zu einem »Verkäufer auf Rechnerbasis«. Diese Basis gibt dem Käufer eine Sicherheit, die auf seiner eigenen Erfahrung beruht.

Doch nicht nur die harte Immobilienrealität ist betroffen, auch die schönen Künste werden von der technologischen Kombination tangiert werden. »Interaktivität« wird das große Schlagwort bei der zukünftigen Arbeit der Künstler sein. Existiert die Kunst heute noch häufig genug in Nischen, ist sie oft nur intellektuellen Kreisen zugänglich, so wird die Zukunft der Kunst eine völlig andere sein: Sie rückt in die Mitte unseres Lebens, wird Bestandteil des Alltags. Jedermann könnte unmittelbar bei der Schaffung eines Kunstwerkes dabeisein, das Ereignis live miterleben und in Interaktion mit dem Künstler treten.

Eine Ebene der Interaktion könnte ganz einfach das Gespräch sein. Arbeiten in der »Einsamkeit des Ateliers« wäre eine Form des Gestaltungsprozesses, eine andere ein Atelier, aus dem heraus der Künstler in ständigem Austausch mit anderen Menschen steht. Das Werk würde in seinen Zwischenstadien diskutiert, und definierte Zielgruppen könnten vom Künstler aktiv befragt werden.

Eine andere Ebene der Interaktion könnten Kunstwerke sein, die erst durch den Interaktionspartner fertiggestellt werden. Anders formuliert: Die Bilder sind im herkömmlichen Sinn nie fertig, vielmehr bilden sie gleich einem Kaleidoskop visuelle Kreativangebote, die dann vom Kunstinteressierten ohne zeitliche Barrieren genutzt werden können. Der Künstler gibt eine 2- oder 3D-Software vor und vielleicht einen Raum. Er definiert also die Grenzen der Gestaltung, in denen sich der Kunstinteressierte nunmehr autonom betätigen kann.

Der Kunstinteressierte kann sich anschließend das Kunstwerk, sofern es zweidimensional ist, ausdrucken und vergrößern lassen. Kunst wird generell viel mehr von der Bewegung geprägt sein. Das Schlagwort »Als die Bilder laufen lernten« – bis dato auf die Erfindung des Films gemünzt – wird in seiner eigentlichen semantischen Bedeutung umgesetzt.

Ebenso kann die Präsentation von Kunstwerken revolutioniert werden. Statt Galerien werden »Picturetheken« an Bedeutung gewinnen. Das heißt, die einzelnen Kunstwerke – selbst ein alter »van Gogh« – liegen digital vor und können in das Wohnzimmer abgerufen und an die Wand projiziert werden. Nach zwei Wochen z. B. kann das Werk »abbestellt« und ein neues »ausgeliehen« werden. Für jeden Tag wird eine Art GEMA-Gebühr gezahlt, in deren Genuß anteilsmäßig auch der Künstler kommt.

Schon heute geht es Museen darum, ihre Sammlungen zu digitalisieren, vor allem mit einem archivarischen Ansatz. Natürlich wird die Kunstszene bei einem solchen Vorstoß aufschreien. Aber was geschieht denn tatsächlich? Neue Möglichkeiten der Kunstpräsentation und des Dialoges mit den Künstlern eröffnen sich: Erklärende Texte können besser integriert werden, das Studium von Details wird ermöglicht – Interessierte können sich einfach sehr viel intensiver mit dem Schaffen des Künstlers auseinandersetzen.

Wir alle hätten auch Zugang zu den »Museen dieser Welt«. Kulturverständnis könnte als Basisgröße der Völkerverständigung dienen, da es einfacher und intensiver möglich wäre, sich »Kultur« und damit auch Wissen über fremde Kulturen anzueignen. Wer kann schon, wann immer er es möchte, in das New Yorker Museum of Modern Art gehen – die Rede ist hier nicht von einem Kunstfreak, sondern vom »durchschnittlichen« Kunstinteressierten. Mit den neuen Möglichkeiten hat jeder zumindest die Chance, sich reiseunabhängig über interessante Ausstellungen auf der ganzen Welt zu informieren. Dies wird nicht nur neue Zielgruppen für die Kunst erschließen, sondern auch eine intensivere und umfassendere Beschäftigung mit der Kultur und ihren Werten und Werken erlauben.

Der ursprüngliche Genuß des »Davorstehens« kann natürlich nicht ersetzt werden. Das ist auch nicht das Ziel. In diesen Genuß kann man bei einem persönlichen Besuch immer noch kommen. Sinn und Zweck einer derartigen Ausstellungsform ist die Erweiterung unserer Erlebniswelt. Schon heute gibt es Software, durch die man eine Symphonie von Brahms nicht nur hören, sondern auch erleben kann. Der Klassikliebhaber wird zugleich mit den Assoziationen konfrontiert, die den Künstler bewegt haben: mit zeitgenössischen Bildern, mit dem Ort der Uraufführung oder mit musikwissenschaftlichen Bemerkungen auf Abruf. Einmal mehr wird es dadurch möglich sein, sich intensiver mit der dargebotenen Kunst auseinanderzusetzen, sie nicht »nur« zu hören, sie nicht »nur« sinnlich zu verstehen, sondern auch z. B. in einem gesellschaftlichen oder historischen Kontext.

So kann sich der Musikinteressierte vor dem Besuch eines Live-Konzerts zu Hause unterschiedliche Interpretationen von unterschiedlichen Künstlern anhören, an unterschiedlichen Orten, in unterschiedlichen Inszenierungen. Das Live-Erlebnis wird dadurch intensiver und spannender – reicht über den eigentlichen Moment des Erlebens hinaus.

Eine solche Popularisierung der Künste birgt auch die Chance, daß die Künstler – von allen gesellschaftlich gewollt und als Ausdruck unserer Kultur akzeptiert – z. B. neue Einnahmemöglichkeiten haben werden. Wenn wir heute davon ausgehen, daß nur etwa drei Prozent der registrierten Künstler von ihren Künsten auch leben können, erscheint eine derartige Ausweitung der kommerziellen Möglichkeiten dringend geboten, ohne daß die Qualität der Kunst darunter leiden muß.

Ein weiterer Aspekt tritt hinzu: Liegen Kunstwerke digital vor, so ergibt dies die interessante Möglichkeit, auf der Ebene der kulturellen Güter andere Länder zu erfahren und verstehen zu lernen. Dies betrifft nicht nur die Urlaubsplanung, es bezieht auch politische Komponenten mit ein. Immer und überall wird von der multikulturellen Gesellschaft geredet. Doch wer kann wirklich von sich behaupten, die türkische, die chinesische oder die dänische Kunst und Kultur zu kennen? Von großem Interesse könnte zum Beispiel die Frage sein, wie sich die Künste in einem Staat wie Kuba darstellen oder wie die Künstler sich in China artikulieren.

Abschließend sei darauf hingewiesen, daß natürlich die neuen medialen Möglichkeiten selbst Kunstprozesse anstoßen könnten. Ein gutes Beispiel dafür ist der Komponist Karlheinz Stockhausen. Er ist einer, der heute schon seine Werke in einen realen, aber zugleich auch in einen virtuellen – und damit irrealen – Raum projiziert. Die Künste selbst werden vermischt: Tanz ist zugleich Musik und Videokunst, Gesang wird visualisiert.

Eine solche Entwicklung würde neue Künstler auf den Plan rufen. Nicht nur der, der zeichnen kann oder bei einem Bildhauer in die Lehre gegangen ist, wird sich als Künstler profilieren. Auch Informatiker, Physiker und andere werden sich künstlerisch äußern können. Joseph Beuys' Aussage »Wir alle sind Künstler« kommt so zu neuem Ruhm. Herbert W. Franke, Physiker und Nestor der deutschen Science-fiction-Literatur, der seit den Anfängen ein profilierter Computerkünstler ist, reiht sich ebenfalls in den Reigen derer ein, die die künstlerische Perspektive erweitern. Er weist in seinem Buch »Formenwelt der Mathematik« (Düsseldorf 1988) auf neue Perspektiven hin, auf »eine von der Mathematik beeinflußte Kunst, und eine von der Kunst beeinflußte Mathematik«. Wenn wir Namen wie Nam June Paik, Urs Furrer, Herbert W. Franke oder Buky Schwartz nehmen, dann sehen wir: Schon heute sind es namhafte Künstler, die die hier skizzierte Zukunft in ihren Werken antizipieren.

Insgesamt wird Kunst also nicht mehr nur elitär, sondern Kunst für jedermann sein. Der Künstler wird nicht mehr als »Paradiesvogel« gelten, sondern auch als kreativer Unternehmer. Eine neue gesellschaftliche Rolle der Kunst erscheint möglich.

Last but not least verändert sich auch die Arbeit im Bereich des Journalismus. Schon heute prägt die Technologie diesen Beruf. So sorgen digitale Fotografie und digitale Kamera für eine unglaubliche Rationalisierung des Prozesses Bildaufnahme – Verarbeitung – Veröffentlichung. Außerdem wird dadurch die Arbeit der jeweiligen Berufsgruppe völlig verändert. Es ist unmöglich, das komplexe Arbeitsfeld hier abschließend zu erörtern. Deshalb sollen lediglich einige wenige Aspekte zur Verdeutlichung angeführt werden:

Digitale Fotografie bietet die Möglichkeit, per Telefonleitung – und die ist heute theoretisch in jedem Auto – Bilder zu transportieren. Entwicklungszeiten für die Filme entfallen. Der Redakteur hat sofort nach einem Ereignis, wenn die

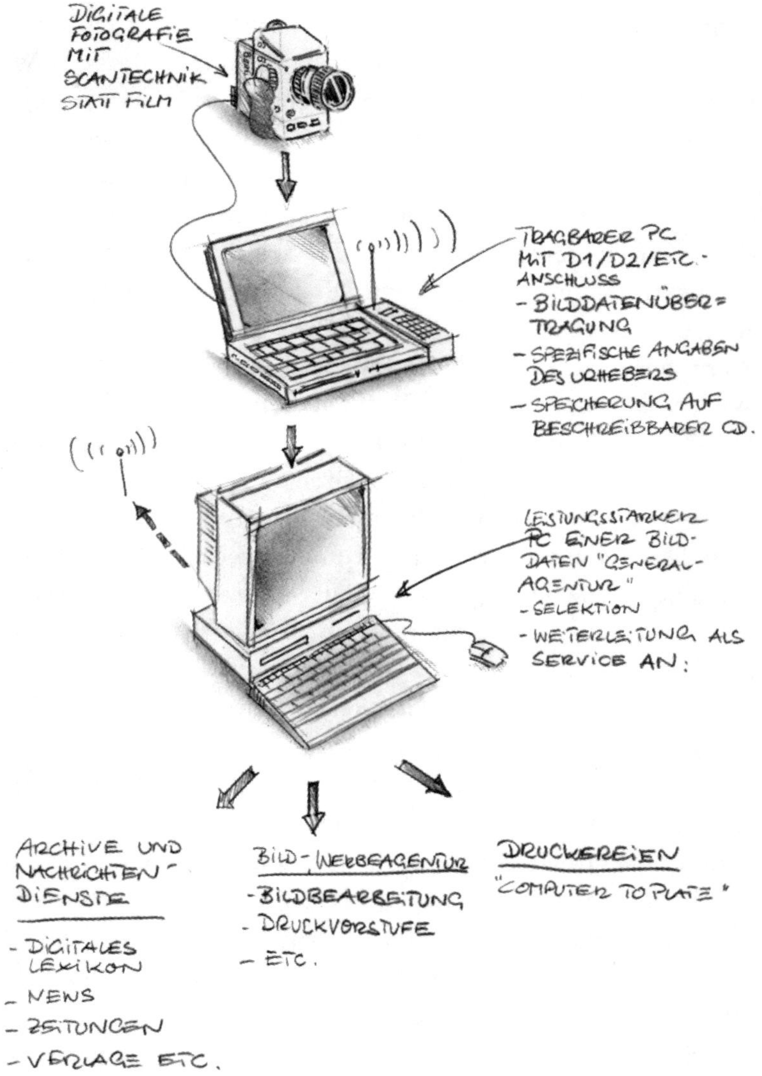

Der Prozeß Bildaufnahme – Verarbeitung – Veröffentlichung

Fotos übermittelt wurden, die Möglichkeit, seinen Text in den Kontext der Bilder zu stellen. Die digital vorliegenden Bilder werden dann aber nicht mehr 1:1 übernommen, sondern können vor Abdruck oder Absendung bearbeitet werden. Dadurch findet ein grundlegender Wandel statt: Der Bildinhalt galt bis dato als Wahrheitsbeweis. Was als Foto vorliegt, ist ein Abbild der Realität – davon wurde ausgegangen. Heute werden die Bilder verarbeitet, verändert und optimiert. Gerade die Werbung ist geprägt von dieser Optimierung. Hier werden die neuen Möglichkeiten geradezu spielerisch vorgeführt.

Die Tatsache, daß diese Veränderungen außer in Fachkreisen nicht öffentlich diskutiert werden, macht deutlich, wie anpassungsfähig unsere Gesellschaft auf technische Neuerungen reagiert. Andererseits wäre gerade über die hier genannten Veränderungen eine Diskussion notwendig und sinnvoll.

Weitere Möglichkeiten liegen auf der Hand: Die Tageszeitung kann im Zeitalter der Medienstation per ISDN-Leitung ins Haus kommen. Sie wird nicht mehr aus Papier sein, sondern allenfalls digital abgelegt werden. Es entsteht ein privates Archiv. Vielleicht aber wird es auch den umgekehrten Weg geben: Der Leser definiert seine Informationswünsche und bekommt jeden Morgen über die Medienstation seine ganz persönliche Tageszeitung. Diese kommt dann möglicherweise nicht mehr von einem einzigen Absender, d. h., der Empfänger liest nicht mehr nur ausschließlich die *Süddeutsche Zeitung* oder die *Frankfurter Allgemeine*, sondern eine zusammengestellte Zeitung mehrerer Informationslieferanten. Die Zeitungen werden eher Agentur-Charakter annehmen, sie werden zum Informationsbroker.

Gewohnheiten, wie das Lesen der Zeitung beim Frühstück, werden eine solche Entwicklung sicher lange hinauszögern. Einmal mehr soll deutlich gemacht werden, daß es nicht um ein Muß, sondern um ein Kann geht. Akzeptanzgröße ist das Verhalten der Verbraucher. Das Beispiel der Einführung von BTX hat in Deutschland deutlich gemacht, wie sehr eine auch noch so neue und aufregende Technologie dann zum Scheitern verurteilt ist, wenn das Verbraucherverhalten falsch eingeschätzt wurde.

Auch das Medium Fernsehen wird primär vom Angebotsdenken bestimmt. Das Nachfrageverhalten wird mit »Zapping« ausschließlich negativ beschrieben, dabei ist es nichts anderes als eine Reaktion des Zuschauers auf das große Angebot. Es wird selektiert und muß selektiert werden. Das wird immer effektiver möglich sein, denn in Zukunft besteht für den Fernsehkonsumenten die Möglichkeit, sein Bedürfnis sehr viel genauer zu definieren.

Die Medienstation wird entsprechend programmiert. Die Definition des Bedarfs kann in etwa folgendermaßen aussehen:

Sport: Fußball national
Nachrichten: Inland und Bundesland Bayern
Personen: Bundeskanzler und Wirtschaftsführer (Reuter, Piëch und Breuel)
Kultur: nur bildende Kunst (Beuys, Hrdlicka, Dalí und Fuchs)
Unterhaltung: Übersicht Spielfilme (englische)
Bildung: Oberthemen Informatik, Segeln, Spanisch als Sprache

Die Medienstation filtert und speichert über den Tag alle erreichbaren nationalen und internationalen Anbieter. Am Abend ruft man dann die gespeicherten Informationen auf und sieht so das nach eigenen Bedürfnissen gestaltete Programm. Der Translator löst jedes Sprachproblem, so daß im Angebotspool nicht nur nationale Programme, sondern auch internationale selektiert werden konnten. Über ein Fenster

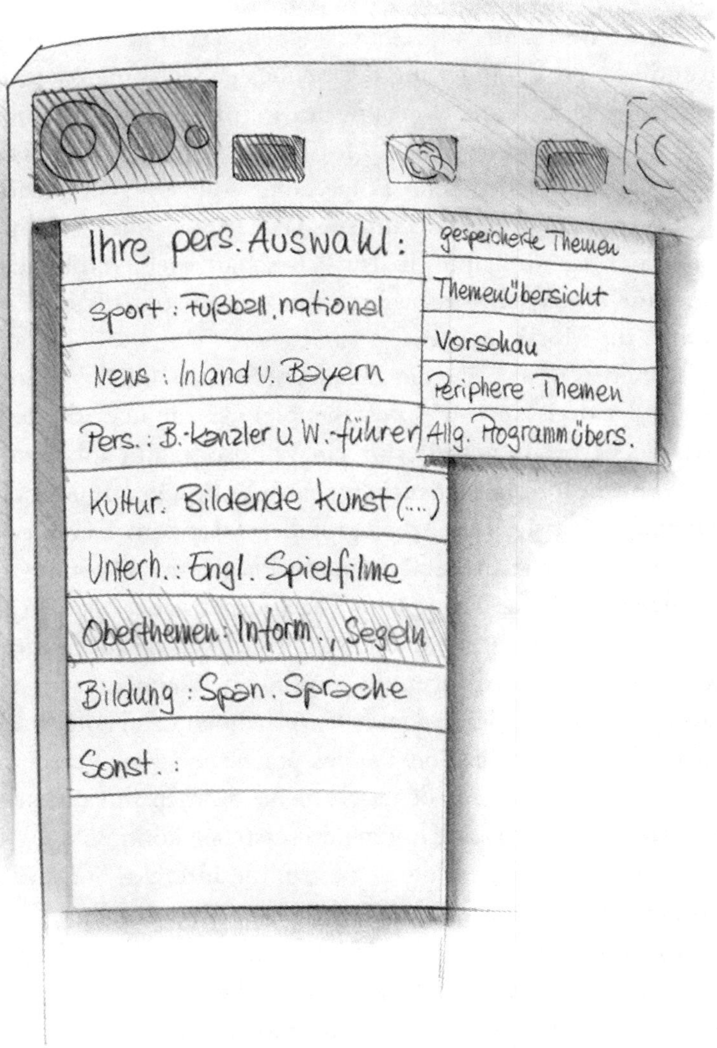

Die programmierte Medienstation

kann ein Spielfilm angeschaut und zeitgleich ein interessantes Fußballspiel eingeblendet werden, und zwar dann, wenn auf dem Rasen »was passiert«.

Hand in Hand mit einer solchen Technik würde eine grundlegende Veränderung der Sender gehen. Finanzierungsformen, wie z. B. die Werbung im Fernsehen, müßten überdacht werden und nach dem Motto »pay per view« organisiert sein. Die wahrscheinliche Folge einer solchen Techniksituation wäre eine große Anzahl spezialisierter Sender: ein Spartensender für Außenpolitik, für Wirtschaftsthemen, für Magazine, für Unternehmensnachrichten, für Erotik, für bildende Kunst, für Musik ...

Daneben – so zeigt die Erfahrung in den USA – werden zwei oder drei Networks bestehenbleiben, die über die terrestrische Verbreitung weiterhin ein Vollprogramm anbieten.

Wenn die Journalisten nicht mehr für Vollprogramme zuständig sind, würde sich ihre Arbeit grundlegend ändern. Der Spezialist für ein Thema hätte seine definierte Plattform und könnte wesentlich mehr in die Tiefe gehen. Der Journalist, der heute in ein Krisengebiet fährt und Stunden später sachkundig auf Sendung geht, würde der Vergangenheit angehören. Vielmehr wäre vor Ort ein Journalist, der in dem entsprechenden Land aufgewachsen ist und der dann in seiner Landessprache berichtet. Verständigungsprobleme gäbe es dennoch nicht, da man ihn über den Translator in jedem Land hören und verstehen könnte.

Neue Sendeformen, die vor allem die Interaktivität in den Vordergrund stellen, sind logische Folge eines solchen Denkansatzes. Schon heute steckt diese Denkweise in den Köpfen der Programmacher. Viele Sendungen behelfen sich deshalb mit TED- oder 0137-Umfragen und versuchen, auf diese Weise die Partizipation der Fernsehzuschauer zu fördern und zu kanalisieren.

Doch auch auf diesem Feld hat die Zukunft schon begonnen. Die dänische Fernsehgesellschaft KTAS hat in Frederiksborg den Startschuß für das interaktive Fernsehzeitalter bereits gegeben. Das System »Videoway« bietet hier neben den Fernsehkanälen und dem interaktiven Part die Grundlage für das »intelligente« Haus. Der Videorecorder kann mit der Fernsteuerung ebenso bedient werden wie die elektrischen Einrichtungen, und sogar Bankgeschäfte können mittels der Datenleitung erledigt werden. Zum System gehört ein Lesegerät für eine Chipkarte, die den berechtigten Zugang zum System kontrolliert. Finanziert wird dieser Pilotversuch u. a. über Provisionen bei allen Telekäufen.

Bei einem Vorversuch war die technische Installation sogar noch breiter: Die Zuschauer hatten z. B. bei einem Fußballspiel die Möglichkeit, sich die Kamera auszuwählen, von der aus sie das Spielgeschehen verfolgen wollten. Auch Zoomen und die Wiederholung von Szenen konnten individuell gesteuert werden.

Branchen der Vergangenheit – Branchen der Zukunft

Die hier an einigen exemplarischen Feldern entwickelte Perspektive für die Zukunft wird für die unterschiedlichsten Industrien Folgen haben. Darum sollen nachstehend einige besonders interessante Branchen hinsichtlich ihrer Entwicklung in einer multimedialen Gesellschaft kommentiert werden.

Videotheken –
werden vor dem »Aus« stehen. Online per ISDN und »Pay per View« sind die Schlagworte der Zukunft. Die Videothek, ent-

standen auf Grund relativ teurer Unterhaltungssoftware und aus dem Bedürfnis der Konsumenten heraus, den eigenen Kinoabend zusammenzustellen, verliert ihre Existenzgrundlage.

Filmproduzenten –
werden gefragter denn je sein, da das Medium »bewegtes Bild« nachhaltig aufgewertet wird. Vom Immobilienmakler über Corporate TV bis zur Reisebranche eröffnen sich neue Marktperspektiven.

Kinos –
werden Umsatzeinbußen hinnehmen müssen, wenn es ihnen nicht gelingt, sich als Erlebniswelt oder innerhalb von Erlebniswelten darzustellen.

Versandhändler –
werden in viel besserer Weise als bisher ihr Angebot präsentieren können. Die Tatsache, daß sie schon heute das Teleshopping dominieren, signalisiert, daß diese Firmen die Perspektive für sich bereits erkannt haben. Die Internationalität wird Märkte öffnen, aber auch den Wettbewerb verschärfen.

Fernsehsender –
müssen sich entscheiden. Entweder sie gehören zu den zwei, drei Vollsortimentern, die in bekannter Weise ein Vollprogramm anbieten, oder sie müssen sich spezialisieren. Eine solche Spezialisierung hätte jedoch einen ganz grundlegenden Wandel der Arbeitsweise zur Folge. Auch steigen die Qualitätsanforderungen an Programme. So formuliert Peter Krieg in der FAZ: »Gegenüber dem heutigen Fernsehsystem hält das Abruf-Fernsehen auch psychologische Änderungen in petto: Die Haltung des Fernsehzuschauers wird sich allmäh-

lich von der eines passiv Rezipierenden zu der eines aktiven Nutzers verändern. Die Notwendigkeit, gezielt selbst auswählen – und eventuell auch direkt dafür bezahlen – zu müssen, führt automatisch zu einer bewußteren Selektion des Angebots. Dies dürfte aller Voraussicht nach bereits zu einer spürbaren Erhöhung des Qualitätsanspruchs der Benutzer führen.«

Reisebüros –
werden erhebliche Probleme bekommen. Gerade die Reisebranche ist aufgrund der weltweiten Online-Bookingsysteme der Fluggesellschaften intensiv vernetzt. Es fehlt lediglich die digitale Verbindung zum Endverbraucher. Diese würde mit einer Medienstation geschaffen, so daß es eine direkte Verbindung zwischen Produzent und Verbraucher geben könnte. Dadurch bieten sich Chancen für die Fluggesellschaften, die unter starkem Preisdruck stehen. Sie könnten die Verbindung verstärkt nutzen, um so die Marge der Reisebüros einzusparen.

Lieferservices –
haben eine rosige Zukunft vor sich. Ob es sich um frische Lebensmittel handelt oder um die Sendungen der Versandhäuser: Persönliche Zustellservices werden gebraucht.

Werbeagenturen –
müssen sich radikal auf die neuen Gegebenheiten einstellen. Eine andere technische Ausstattung wird erforderlich und erfordert daher hohe technische Investitionen, was die Eintrittsvoraussetzungen für Selbständige erheblich nach oben schnellen läßt.

Softwarehersteller –
der unterschiedlichen Branchen (Unterhaltungselektroniksoftware, Computersoftware) werden sich technisch weiter profilieren müssen, denn sie bedienen in Zukunft nicht nur eine Disziplin, sondern gleich mehrere. Die Software wird in einem umfassenden Sinn jedoch die Schlüsseltechnologie der multimedialen Gesellschaft bleiben. Denn der Brückenschlag zwischen den unterschiedlichen Technologien wird ein Brükkenschlag auf Softwarebasis sein. Voraussetzung für einen Erfolg auf den neuen Märkten ist eine Unternehmenskultur, die schrankenlose interne Kommunikation ermöglicht.

Systemhäuser –
werden dann boomen, wenn es gelingt, eine einseitige Technologieprägung zu verlassen. Die Integration der Basistechnologien wird verschiedene »points of integration« haben: Ehemalige Hardwarehersteller der unterschiedlichen Branchen werden auf dem Markt in Erscheinung treten. Dazu kommen diejenigen Systemhäuser, die einerseits software-technisch die Interfaces zwischen den Technologien herstellen und zudem Branchenlösungen entwickeln können.

Spiele-Produzenten –
werden auch zu den Gewinnern der neuen Technologie gehören. Aber nur dann, wenn es ihnen gelingt, interaktive und intelligente Spiele zu produzieren. Herkömmliche Spiele werden nicht mehr attraktiv sein. Wer heute die Kinder mit der Technik umgehen sieht, dem ist klar, wie hoch die Akzeptanz elektronischer Spiele ist. Doch schnell wird diese Akzeptanz zur Sucht, darüber sollten sich Eltern, Pädagogen und auch die Produzenten der Spiele klar sein. Mittlerweile existieren bereits Initiativen, die süchtigen Computerkids helfen sollen.

Das allein reicht aber nicht. Deshalb wird es mehr noch als in der Vergangenheit eine Herausforderung sein, neben elektronischen Spielen herkömmliche Gesellschaftsspiele am Leben zu erhalten.

Vergnügungsparks –
herkömmlicher Art werden an Attraktivität verlieren. Dies wird insbesonders dann geschehen, wenn sich die Parks nicht auf die neuen Unterhaltungsmöglichkeiten und -formen einstellen. In diesem Zusammenhang braucht man nur an den Film »Jurassic Park« zu denken. Er macht die Dimensionen und Gefahren deutlich, um die es hierbei geht.

Verlage –
müssen sich auch auf die neuen Gegebenheiten einstellen. »Publisher«, die sich bisher vor allem als Buchhersteller gesehen haben, müssen sich auf ihre Rolle als »Veröffentlicher« besinnen. Auch ein Buch ist nichts anderes als eine Form der Präsentation von Wissen. 1993 haben auf der Buchmesse in Frankfurt am Main Aussteller von Multimedia-Produkten erstmals eine ganze Halle belegt.

Fernuniversitäten –
und -institute werden erheblichen Aufwind bekommen, und das in einem internationalen Ausmaß. Es wird – man denke an den Translator – kein Problem sein, Coaching-Sessions auch bei einer bekannten ausländischen Persönlichkeit zu nehmen. Neue Formen der Entlohnung werden sich durchsetzen: Schlechte Professoren werden Gefahr laufen, ihr Publikum zu verlieren. Eine Reform des deutschen Hochschulwesens wäre Voraussetzung dafür. Ob und inwieweit sie sinnvoll erscheint, ist ein anderes Problem.

Messeveranstaltungen –
sind schon heute in einer Legitimationskrise. Zu groß ist der Aufwand und sind damit die Kosten für die einzelnen Unternehmen. Die ehemalige Funktion solcher Messen, als tatsächlicher Marktplatz für neue Ideen und Kontakte, wird heute in Frage gestellt. Die Technologie wird neue, bessere und direktere Kommunikationsmöglichkeiten zwischen Anbieter und Nachfrager schaffen. Die Folge wird ein Aussterben vor allem von kleineren Veranstaltungen sein. Größere »Telesessions« unter mehreren Experten werden die Kommunikation bereichern. Große Messen werden natürlich nach wie vor Drehscheiben für persönliche Kontakte bleiben. Je spezieller aber ein Thema wird, desto kleiner wird auch die Zahl der Interessierten. Das wirkt sich dann auch auf die Kommunikation aus. Andere Formen der Kommunikation werden geeigneter erscheinen. Alternative wäre in dem Fall z. B. eine größere »Telesession« mit mehreren Experten.

Unternehmensberater –
werden sich umschauen müssen. Ihre Zukunft sieht so aus, daß sie einfach bei wichtigen Meetings aufgeschaltet werden. Steht eine Entscheidung an, wird der Rat des Beraters spontan gesucht und der Experte dann einfach auf den Bildschirm geholt. So wird es Unternehmensführungen möglich sein, zu ganz gewissen Themen den notwendigen Sachverstand relativ unbürokratisch und schnell zur Verfügung zu haben.

Kongreßhotels –
werden Probleme bekommen, da sich die Tagungsinflation reduzieren wird. Viele Milliarden werden in den Unternehmen gespart werden können, weil sich die Fortbildung des Personals auf jeder Ebene anders durchführen läßt.

Netzbetreiber –
sind heute weitgehend die großen Telekommunikationsgesellschaften in den jeweiligen Ländern. Sie werden die klaren Gewinner der Entwicklung sein. Ihnen gehören die Datenautobahnen, auf denen sich die Zukunft abspielt. Neue Formen der Lizenzierung von Netzwerkdiensten müssen dann auch privaten Anbietern die Chance geben, an diesem Geschäft durch innovative Konzepte teilzuhaben.

Lizenzagenturen –
werden boomen, denn viel mehr Menschen als bisher werden ihr geistiges Eigentum vermarkten können. Dazu kommt die Auflösung etablierter Vertriebsformen. Dies betrifft ebenso Bild- und Videosequenzen.

Bibliotheken –
so wie wir sie heute kennen, haben als Ort der Literaturrecherche ausgedient. Digitale Bibliotheken werden an ihre Stelle treten. Datenbankanbieter existieren heute schon in Nischenmärkten. Ihnen gehört auf Grund ihres Erfahrungsvorsprungs die Zukunft.

Zeitungen und Zeitschriften –
werden so, wie wir sie heute in ihrer Vielzahl kennen, nicht überleben können. Die multimediale Gesellschaft verhindert z. B. den immensen Aufwand und die Ressourcenverschwendung, die darin liegt, ein Produkt wie eine Tageszeitung mit einer Lebenszeit von 24 Stunden herzustellen. Das Bewußtsein wird sich verändern, weil es eine vernünftige Alternative mit indviduell zusammengestellten Nachrichten geben wird.

Außendienste und Telepräsenter –
werden die Gewinner der Entwicklung sein. Das persönliche Gespräch wird nicht durch die Technik ersetzt. Lediglich trivialere Aufgaben können ersetzt werden. Am Beispiel einer Bank erklärt bedeutet das: Für Zahlungsvorgänge, Bargeld und ähnliches braucht schon heute niemand mehr in die Zweigstelle einer Bank zu gehen. Entweder der Kunde kann – so im Pilotversuch in Dänemark – seine Bankgeschäfte elektronisch regeln, oder er bekommt Bargeld vom Automaten. Die Zukunft gehört dem Außendienst, der vor Ort mit dem Kunden seine finanziellen Dispositionen entwickelt und berät. Dabei wird er unterstützt von den Spezialisten der Bank. Danach werden sich regelmäßige »Telemeetings« mit den Kunden anschließen können.

Rechtsanwälte –
können als Spezialisten von der Entwicklung profitieren. Urheberrecht, Lizenzrecht, Arbeitsrecht und Vertragsrecht stehen vor neuartigen Herausforderungen. Die Entwicklung der Gesetze wird mit hoher Wahrscheinlichkeit hinter der tatsächlichen Entwicklung herhinken. Doch auch der Kanzleibetrieb wird sich völlig verändern. Der Zugriff auf Rechtsdatenbanken erlaubt es schon heute, in bezug auf Rechtsprechung und Lehre immer aktuell zu sein. Die Beratung wird daher an Wichtigkeit für den Rechtsanwalt zunehmen. Gleiches gilt auch für steuerberatende und wirtschaftsprüfende Unternehmen. Ein Steuerberaterbüro ohne DATEV-Anschluß kann heute wirtschaftlich wohl nicht mehr überleben. Der DATEV-Anschluß ist aber nichts anderes als der Anschluß an einen Großrechner in Nürnberg. Dieser hält spezielle Datenbanken für alle steuerberatenden Berufe bereit. Gerade die DATEV mit ihrer jahrzehntelangen Tradition macht deut-

lich, wie stark die technische Infrastruktur zur Eintrittsvoraussetzung für einen ganzen Berufsstand wird.

Die angerissenen Beispiele »liegen auf der Hand«. Auf der Basis des hier entwickelten Szenarios ist es einfach, sich weitere Veränderungen vorzustellen für die Fach- und Schulbuchverlage, für die Sendeanstalten, für Lebensmittelgeschäfte und für die Fluggesellschaften, um nur einige weitere Bereiche zu nennen. Für manche der hier gezeigten Branchen wurde eine sehr langfristige Perspektive gezeigt, die Entwicklung wird noch Jahrzehnte brauchen. Andere Branchen aber stehen kurz vor dem Umbruch. Unternehmen als soziale Gebilde brauchen ebenso wie die gesamte Gesellschaft Zeit, um sich dem Wandel zu stellen. Derjenige aber, der schon heute die Zukunft und ihre grundsätzliche Bedeutung für sein Unternehmen richtig beurteilt, kann Prozesse einleiten, die ihm in absehbarer Zeit zählbare Wettbewerbsvorteile erbringen werden. Technische Innovationen können nur dann positiv um- und eingesetzt werden, wenn die Menschen und auch betriebliche Abläufe auf die neuen Möglichkeiten eingestellt sind. Technik kann nicht gegen, sondern nur mit dem Menschen Akzeptanz erfahren und sich dann positiv auswirken.

Kapitel 3
Lernen als Teil der Lebensqualität

Der soeben beschriebene Umbruch ganzer Branchen und Berufssparten wird sich nicht ohne Reibungen vollziehen. Wir kennen harte Schnitte durch unvorbereitete Veränderungen der wirtschaftlichen Rahmenbedingungen aus der Stahl- und Montanindustrie. Nötig sind Weitsicht und eine frühe Einstellung auf die neuen Herausforderungen. Nicht automatisch müssen grundsätzliche Veränderungen der Volkswirtschaft mit Entlassungen und den entsprechenden Folgen für das soziale Leben einhergehen.

Schon heute findet diese Umorganisation in bestimmten Bereichen statt. So hat z. B. die Einführung des Telefax-Geräts elementare Folgen für die Deutsche Bundespost, weil weniger verschickt und dafür mehr gefaxt wird. Deshalb ist es nicht von der Hand zu weisen, daß in bestimmten Bereichen Arbeitsplätze, so wie sie sich heute darstellen, in Gefahr sind. Auf der anderen Seite werden aber Arbeitsplätze geschaffen, die den neuen Anforderungen entsprechen.

Insgesamt wird die genannte Entwicklung vor allem »intelligente« Dienstleistungskapazitäten schaffen und im Bereich der einfacheren Arbeiten für einen Beschäftigungsabbau sorgen. Dies ist jedoch keine neue Entwicklung. Wie dramatisch und radikal sie vonstatten geht, können wir letztendlich selbst bestimmen. Wir wissen, in welchen Bereichen Veränderungen auftreten können, also ist es auch möglich, die Gesellschaft darauf vorzubereiten und entsprechende Übergangsregelungen vorzusehen. Das heißt, daß für neue Berufsfelder Vorbereitungen getroffen werden müssen. Der Trend in der Wirtschaft wird sich weiter in den tertiären Bereich verschieben. Der Servicetechniker, der Systemanalytiker, aber auch der Bote, der »personal coach«, der (neue) Technologieberater und der Lehrer werden als Berufe an Bedeutung gewinnen. An ihre Ausbildung wird und muß man neue Anforderungen stellen, und gerade dem wird Bildung durch, über und mit sogenannten »multimedialen« Konzepten gerecht.

Außerdem wird die Bildung in der Gesellschaft eine andere Akzeptanz erfahren. Sie kommt nicht mehr trocken und im Gewand des »Zwangs« daher, sondern macht vielmehr Spaß und erlaubt unter optimaler Ausnutzung der menschlichen Lernfähigkeiten neue Lernangebote. Das große Angebot an informierenden Sendungen und Interaktiv-Programmen wird möglicherweise sogar eine Lust am Lernen auslösen. Der Mensch wird nicht mehr eine (1) Lern-, eine (2) Ausbildungs-, (3) Arbeits- und (4) Rentenphase unterscheiden müssen, in denen er gebildet, ausgebildet und fortgebildet wird. Die Phasen 1 und 2 werden ihn am Anfang voll beanspruchen, ihn aber hiernach nicht mehr loslassen, aufgrund der vielen Möglichkeiten und nicht enden wollenden Interessengebiete.

Auf diese Herausforderung bereiten wir uns gesellschaftlich bereits vor. In der Studie des EMNID-Instituts »Zukunftserwartungen und Zukunftsverhalten 1992« wird nach Vorgabe einiger Themen die Frage gestellt: »Welche dieser Themen halten Sie in der Zukunft für sehr wichtig?« Auf Platz eins der Antworten steht die »Berufsausbildung«. Dieser Wert spiegelt sicher auch die Einstellung wider, daß gut ausgebildete Menschen weniger schnell arbeitslos werden. Ebenso aufschlußreich für die multimediale Gesellschaft sind die Antworten auf die Frage: »Welchen Idealen und Ideologien werden sich die Menschen bis zum Ende dieses Jahrtausends stärker zuwenden?« Hier stand »persönliche Freiheit« an erster Stelle.

Ein weiterer positiver Aspekt: Spitzenkönner werden nicht mehr durch den Zufall oder sozialisationsabhängig »entdeckt«. Die neuen Möglichkeiten der Ausbildung werden im Idealfall zu Hause jeden Wiß- und Lernbegierigen erreichen. Test- und Kommunikationsprogramme werden ihn oder sie weiter fördern.

Die Forderung für die Berufswelt der Zukunft lautet: breite Qualifikation. Wie das mit den kombinierten Technologien funktionieren kann und inwieweit sich dadurch der Stellenwert von »Bildung« oder der Stellenwert von »Wissen« ändert, das soll der folgende Abschnitt zeigen.

Lernen ohne Bindung an Raum und Zeit

Lernen bedeutet heute im Normalfall: Der Schüler geht an einen Ort, dort ist ein Lehrer, der vermittelt Informationen, man kann nachfragen und vertieft zu Hause auf dieser Basis das Wissen. Zwar gibt es bereits Fernkurse, wie das Telekolleg im Rundfunk und das Fernstudium in Hagen, diese Art des Fernlernens erfordert aber viel Kraft, weil jeder Einzelne allein vor sich hin arbeitet und nie direkt nachfragen kann. Die kombinierten Technologien sind dagegen in der Lage, diese Schwachpunkte auszumerzen und »fernlernen« zu optimieren. Ein Beispiel:

Es ist Montag morgen 10 Uhr. Maria S. sitzt an ihrem Terminal in der Zweigstelle ihrer Firma. Sie nimmt alle 14 Tage am obligatorischen Lernprogramm für Außendienstmitarbeiter teil. Heute steht das neue Verkaufskonzept auf dem Programm. Maria S. ist in Koblenz, ihr »Lehrer« in der Zentrale in Stuttgart. Er erklärt den 100 Außendienstmitarbeitern, die über ganz Deutschland verteilt sind, die neuen Produktstrategien. Sie denkt nach: Seit sie mit der Heimmedienstation ausgerüstet ist, geht die Kommunikation mit dem Unternehmen sehr viel schneller. Früher zwei Meetings im Jahr, heute jeden Montag ganz frische Informationen. Man traf sich in Stuttgart und wurde in Kompaktseminaren mit neuen Informationen und Instruktionen überschüttet. Heute wird ihr vieles durch die regelmäßige Konfrontation mit den Marktingthemen viel klarer. Es bereitet ihr keine Probleme mehr, die neuen Strategien umzusetzen, da eine eindeutige Strukturierung zugrunde liegt, deren Baukästen Montag für Montag aktualisiert werden. Früher war es immer sehr stressig, erinnert sich Maria. Am Tag im Seminar die vielen Informationen, die sie gar nicht richtig aufnehmen konnte, und abends im Hotel, wo sie sich auch nicht richtig entspannen konnte. Und immer die Sorge, ob zu Hause auch alles seinen gewohnten Gang läuft – es mußte auch immer eine Betreuung für den Kleinen organisiert werden. Insbesondere, wenn Erich, ihr Mann, gerade auf Geschäftsreise war. Und eigentlich war die Information doch gar nicht immer aktuell. Die Treffen waren in diesem Rahmen schon sehr teuer – Reisekosten, Hotelkosten und die Miete für die Tagungsräume –, regelmäßige Meetings wären nicht zu finanzieren gewesen. So aber dauerte es immer sehr lange, bis neue Strategien flächendeckend eingesetzt werden konnten. Auf aktuelle Probleme und plötzlich auftretende neue Anforderungen konnte immer nur sehr schwerfällig reagiert werden.

Heute können die Informationen blitzschnell verbreitet werden. Maria hat immer das Gefühl, auf dem laufenden zu sein: Der Informationsfluß von der Führungsebene zur Basis und umgekehrt funktioniert reibungslos. Nur trifft Maria jetzt nicht mehr ihre Kollegin aus Kiel auf den Seminaren. Das bedauert sie. Doch mittlerweile besuchen sich beide privat und sind über die Medienstation sowieso ständig und wesentlich intensiver als früher in Kontakt.

Maria lehnt sich zurück und beobachtet aufmerksam den Bildschirm. Der Lehrer, Martin J., präsentiert gerade die neu entwickelte Zehn-Punkte-Strategie. Er kann jederzeit von den einzelnen Teilnehmern gestoppt werden, diese können eine pro Person limitierte Anzahl von Fragen stellen. Manchmal werden regelrechte »Fragerunden« initiiert, und jeder erfährt von den Problemen des anderen. Gelernt wird zu jeder Zeit, an jedem Ort, in beliebiger Teilnehmerzahl und vor allem regelmäßig. Gelernt wird nicht mehr dort, wo sich der Lehrer befindet, gelernt wird am Standort des Terminals. Dabei wird nicht unidirektional verfahren – der Lehrer gibt Informationen weiter, und der Lernende nimmt sie auf –, eine wechselseitige Information ist von vornherein fester Bestandteil. Das muß nicht zeitgleich geschehen, kann es aber. Wenn Maria am nächsten Montag keine Zeit hat, an der Weiterbildung teilzunehmen, dann setzt sie sich später an die Medienstation und erledigt ihr Pensum. Der Unterricht wird aufgezeichnet, sie versäumt also nichts. Zwar kann sie in diesem Fall nicht direkt in das Unterrichtsgeschehen eingreifen, aber sie kann ihre Fragen und Probleme später direkt an den Lehrer in dessen Videobox senden. Auf den Schüler kann also wesentlich individueller eingegangen, Fragen können spontaner und detaillierter gestellt und beantwortet werden.

Außerdem ist der Unterricht deutlich spannender geworden. Das finden zumindest Maria und ihre beiden Kollegen. Alle drei glauben, wesentlich aufmerksamer zuzuhören als früher. Durch die ständig mögliche Einblendung von Case stories, Videoclips und unterschiedliche Musik haben sie gar nicht mehr das Gefühl, »pauken« zu müssen. Maria hat auch ihren Lieblingslehrer. Der zieht den Unterricht nämlich auf wie einen Krimi ...

Erlernen durch erleben

»Lernen« wird in Knaurs Wörterbuch neutral als »sich etwas mit dem Verstand ... aneignen« beschrieben. Georg Christoph Lichtenberg hat zusätzlich die Zeitkomponente berücksichtigt und beschrieben das Lernen folgendermaßen: »was ich unter dem Lernen verstehe, ist Fortrücken der Grenzen unserer wissenschaftlichen oder sonst nützlichen Erkenntnis; Verbesserung eines Irrtums, in dem wir uns lange befunden haben; Gewißheit in manchen Dingen, worüber wir lange ungewiß waren; deutliche Begriffe von dem, was uns undeutlich war, Erkenntnis von Wahrheiten, die sich sehr weit erstrecken usw. Was dieses Bestreben nützlich macht, ist, daß man die Sache nicht flüchtig vor dem Lichtausblasen abtun kann, sondern daß die Beschäftigungen des ganzen Tages dahin abzwekken müssen« (Nationale Forschungs- und Gedenkstätten der Klassischen Deutschen Literatur in Weimar ⟨Hg.⟩: Lichtenbergs Werke in einem Band, Berlin u. Weimar 1982, S. 197). Man kann diese »Sache« also nicht »flüchtig« vor dem Schlafengehen machen, sie braucht Zeit. Wie effektiv diese Zeit genutzt werden kann, hängt nicht zuletzt davon ab, welche Methoden der Wissensvermittlung verwendet werden. Früher wurde Wissen ausschließlich durch Sprechen und Lesen vermittelt, heute rücken völlig andere Möglichkeiten, Wissen weiterzugeben, in den Mittelpunkt: Aufnehmen von Informationen durch Erleben in Form von »Super Learning«, Verarbeitung der Information mittels Erfahrung. Lernen wird menschengerechter, interaktiv, dialogorientiert sein. Durch dieses Mehr an Interaktivität und Visionalität, durch diese »All-Sense-Methode« wird es im Bildungsbereich zu mehr Effektivität und Professionalität kommen.

Ein denkbares Beispiel ist Geographieunterricht in der Schule. Thema der Stunde ist Rom als Touristenziel, Rom und seine Infrastruktur. Konnten die Schüler bis dato Informationen über die Stadt im Schulbuch lesen, sahen sie Fotos oder auch Karten, so werden sie zukünftig in Rom spazierengehen können – virtuell. Den Trevi-Brunnen sieht man dann nicht mehr auf einem Bild, man »läuft« um ihn herum. Ein Schüler möchte wissen, wann er erbaut wurde, von wem und was er für eine Geschichte hat. Kein Problem für die Medienstation. In einem Lexikon sind alle Informationen gespeichert und können per Tastendruck oder auch per mündlichem Befehl abgerufen werden. Der Schüler erlebt Rom, als sei er dort, und erfährt dadurch sehr schnell sehr viel. Mittels Medienstation wird der Geographieunterricht zum ständigen Exkurs. Die Schüler selbst bestimmen zusammen mit ihrem Lehrer, wo sie in die Tiefe gehen möchten, und können ihre Interessen sofort in die virtuelle Realität umsetzen.

Zweites Beispiel: Bis heute ist es nur möglich, am Unterricht einer ausländischen Schule oder an den Vorlesungen einer Universität in einem fremden Land teilzunehmen, wenn man wirklich dort anwesend ist. Im Zeitalter der umfassenden Technisierung bieten sich allerdings ganz neue Möglichkeiten. Ein Student möchte Neil Postman in New York hören, an einem seiner Seminare teilnehmen? Nichts leichter als das. Eine einfache Anfrage am Bildschirm, und schon kann er via Medienstation am Unterricht partizipieren. Die Folge ist ein erweiterter Horizont – viel mehr Auswahlmöglichkeiten bieten sich. Gewisse Bildungsrahmen bleiben zwar erhalten, die Vielfalt der Inhalte wird sich aber erhöhen.

Heute deckt die Schule im Regelfall nur ganz bestimmte Begabungsschemata ab. Mit Hilfe der neuen Technik hat der Lehrer die Chance, wesentlich individueller auf Begabungen einzugehen und diese zu fördern. Die so freigelegten Bildungsmöglichkeiten können ein breiteres Wissen vermitteln und gleichzeitig Rücksicht auf spezielle Interessengebiete nehmen. Die Intensivierung des Dialogs fördert nicht nur vorhandene Begabungen, sie ermöglicht auch das Auffinden neuer, bislang verborgener Talente. Information kann insgesamt individueller aufgenommen, vermittelt und aus einem größeren Spektrum ausgewählt werden.

Drittes Beispiel: Brachte die permanente Reisetätigkeit des Diplomaten Hubert A. für seine beiden Töchter ständige Schulwechsel und diverse Privatlehrer mit sich, so gehört dies zukünftig der Vergangenheit an. Seit einem Jahr lebt die Familie A. jetzt in Tansania, doch noch immer können die beiden Mädchen am Unterricht ihrer Schule in München teilnehmen – via Medienstation, versteht sich. Im nächsten Jahr, wenn Familie A. wieder nach München zurückkehrt, wird die ältere der beiden Töchter dort ihr Abitur machen. Etwaige Anschlußprobleme treten nicht auf.

Die Chancen der modernen Kommunikationstechnik haben somit eine ganz praktische Dimension: Schüler können sich von überall her – also z. B. auch aus dem Krankenbett heraus – in den Schulunterricht einloggen und aktiv daran teilnehmen. Für viele ist dies heute noch unvorstellbar, für viele morgen aber eine Chance, im Klassenverband integriert zu bleiben.

Lehrer? Visualisierer, Moderator, Konzeptioner!

Das Lehrerbild der Zukunft stellt sich uns im Unterschied zu heute stark verändert dar. Der Lehrer von morgen wird sowohl im Bereich der Schule und Universität als auch im Bereich des Handwerks erweiterten Ansprüchen gerecht werden müssen. Durch neue Lernformen, größere Vielfalt der Lerninhalte und aufgrund steigender Nachfrage öffnen sich für Lehrer »neue Märkte«, und zwar insofern, als Lernen nicht mehr auf den Lebensabschnitt Ausbildung/Studium begrenzt bleibt, sondern lebensbegleitend sein wird.

Neben fachlichem und pädagogischem Wissen werden auch technische Fingerfertigkeit und Phantasie gefragt sein. Die Pädagogik als »Lehrmethode« wird erweitert: Neben das Was und Wann wird das Wie als neue Herausforderung treten. Der Lehrer selbst wird einer in ihrer Dimension völlig neuartigen Informationsflut ausgesetzt sein. Er wird sich mehr denn je selbst fortbilden müssen – die Omnipräsenz und ständige Aktualisierung der Information zwingen ihn dazu. Und er wird mehr sein als ein Lehrer im heutigen Sinne. Er wird Visualisierer, Moderator oder einfach Konzeptioner sein müssen. Die Methoden des heutigen Lernens und Lehrens sind in ihrer Grundstruktur stark veraltet. Durch die neue Technik, durch Schnelligkeit und Effizienz entwickelt sich jetzt die Möglichkeit, eine »echte« Volksbildung merklich zu steigern. Bereits heute boomen Fernlehrgänge, gleichermaßen steigt die Nachfrage nach Erwachsenenbildung. Diesem Boom wird künftig durch neue technische Möglichkeiten Rechnung getragen.

Lernziel, Lernen und Lehren beeinflussen sich gegenseitig. War es früher wichtig, Geschichtsdaten zu lernen und auswendig zu wissen, so nennt die Medienstation uns künftig jedes gewünschte Datum in Sekundenschnelle. Reines Faktenwissen kann also nicht mehr Lernziel sein. Wichtig wird in naher Zukunft das Wissen: Wo finde ich was, und das möglichst schnell. Der Grad der Perfektion des jeweiligen Informationsmanagements ist das Prüfungskriterium, d. h. im Mittelpunkt steht die Fähigkeit, zu selektieren und zu bewerten. Lerninhalte können künftig nicht mehr nur durch das Curriculum vorgeschrieben werden. Eine zusätzliche Komponente wird den Lehrplan beeinflussen: die Nachfrage. Die Kriterien, nach denen gelehrt und gelernt wurde, bestimmten bislang das Bildungsangebot. Nur das tatsächliche Lernangebot konnte gelernt werden – mehr nicht, oder wenn, dann nur mit erheblichem Aufwand. Heutige Lehrpläne für die Schulen basieren auf Beschlüssen der jeweiligen Kultusminister. Um einen staatlich anerkannten Abschluß zu erreichen, ist immer noch das Abitur oder die Realschulprüfung vor dem Hintergrund dieser festgelegten Kriterien notwendig. Dem Lehrangebot sind also feste Grenzen gesetzt. Zusätzliche Arbeitsgemeinschaften können zwar jederzeit gegründet werden, sie sind aber völlig freiwillig, eine zusätzliche Aufgabe und kein Teil der Prüfung. Themen werden an Wichtigkeit verlieren, da ihre Auswahl nach dem »Lustprinzip« geschieht, und Methoden in den Mittelpunkt rücken. Das Verhältnis von Angebot und Nachfrage wird sich zugunsten einer Dominanz der Nachfrage ändern. Das Angebot wiederum wird thematisch von den Interessen des Einzelnen abhängen.

Dies wird eine veränderte Qualität der Qualifikation mit sich bringen. Staatliche Zeugnisse wie das Abitur oder ein Diplom werden ihre Unantastbarkeit verlieren. Spezielle Tests werden an ihre Stelle treten. Sie werden abfragen, ob der entsprechende Bewerber die Befähigung für eine ganz spezifische Aufgabe hat. Ähnliches findet in der Wirtschaft mittels Trainee-Programmen und Assessment Center bereits statt. Daß diese psychologischen Tests und ihre Rahmenbedingungen ebenfalls hinterfragt werden müssen, steht auf einem anderen Blatt. Die »Allgemeinbildung« als hehres Ziel des Gemeinwesens wird dadurch nach Ansicht der Autoren nicht berührt. Sie muß sich aber sicher neue Wege suchen, um den Adressaten zu erreichen.

Lust auf Lernen

Bislang war unser Leben – wie bereits in dem einleitenden Kapitel zur Bildung angesprochen – in verschiedene Lernphasen unterteilt. Sie waren individuell unterschiedlich stark ausgeprägt, eines aber war gleich: Das Aufnehmen von Information geschah hauptsächlich im Hinblick auf ein Ziel. Dieses Ziel war dann gleichzeitig der Endpunkt des Bildens. In der Schule war es die mittlere Reife, das Abitur, in der Lehre die Gesellenprüfung und dann die Meisterprüfung oder im Studium das Examen und im Beruf schließlich weitere Qualifikation im Sinne einer optimalen Karriereplanung. Immer oder meistens war Bildung vor allem Mittel zum Zweck, selten ein Wert an sich.

Parallel dazu existierte allerdings immer ein »lebenslanges Lernen«, und zwar in der Auseinandersetzung mit der Umwelt. Früher war es z. B. der Umgang mit der Erfindung Automobil, heute ist es vielleicht der Umgang mit dem neuen Fahrkartenautomaten an der Straßenbahnhaltestelle. Gelernt werden muß auch am Arbeitsplatz immer mehr und immer schneller. Neue Produktionstechniken, neue Werkstoffe, komplizierte Technologien, Märkte, die sich ständig ändern – das alles erfordert permanente Aufmerksamkeit und Aufnahmebereitschaft. Gleichzeitig ist die Technik zunehmend so ausgereift, daß sie uns nicht mehr negativ, sondern positiv fordert. Früher mußten wir uns nach ihr richten, langwierige Lehrgänge wurden besucht, um z. B. mit einem Computer umgehen zu können. Mittlerweile richtet sich die Technik nach ihren Anwendern. »Plug and play« ist ein Schlagwort dieser Entwicklung: Die Techniker haben gelernt, daß es nicht darauf ankommt, was eine Maschine kann, sondern darauf, wie stark der Anwender Technik ausnutzt. Technologien, die zu kompliziert sind und daher vom Anwender nicht verstanden werden, setzen sich am Markt nicht durch. Ergonomische Konzepte sind insofern in der Technik fast selbstverständlich geworden. Der Durchbruch für den schon vorgestellten dänischen Pilotversuch gelang nach der Aussage des Projektleiters Jens Kromann erst, nachdem die Teilnehmer alle Funktionen durch die Fernbedienung erledigen konnten.

Wenn die unterschiedlichen Geräte sprachgesteuert sein werden, dann wird dies einen neuen Akzeptanzschub initiieren. Dennoch wird das »lebenslange Lernen« unabdingbar werden, wenn auch in einem spielerischen Sinne. Schon heute fällt in der Generation der Sechzigjährigen auf, daß für viele der Computer immer noch das unbekannte Wesen ist. Diese Männer und Frauen kamen mit der neuen Technik nie direkt in Berührung, sie nahmen am Lernprozeß daher auch nicht teil. Im Gegensatz dazu weiß heute jedes zwölfjährige Kind, wie ein PC an-, aus- und umzuschalten ist. Spielerisch haben sich diese Kinder mit der neuen Technik vertraut gemacht, und spielerisch werden sie diesen Umgang perfektionieren. Die Technik entwickelt sich jetzt so schnell, daß jeder permanent lernen muß, um mit den Veränderungen der Umwelt überhaupt zurechtzukommen und um mitreden zu können.

Gleichzeitig verändert sich das Verhältnis von Mensch und Maschine: Aus »Gegnern« werden »Freunde«, die sinnvoll kooperieren. So erhält der Begriff Aktualität eine neue Dimension, und das Wissen durch diese Aktualität wird zunehmend von Beherrschung der Komplexität und Interdependenz geprägt sein. Ein ständiger Aktualitätsdruck ist bereits heute vorhanden. Ihm standzuhalten bedeutet Streß und Anspannung. Zukünftig wird es uns wohl leichter fallen, dem Druck standzuhalten. Die Technik wird zu einer besseren Selektion führen, sie wird sich durch ihre eigenen Möglichkeiten beherrschbarer und spielerisch erlernbar machen. Das neue Motto wird heißen: Lust auf Lernen statt Frust beim Lernen. So kann man sich beispielsweise einen neuen Brockhaus vorstellen. Er wird zum Lesebuch des Wissens, allein durch völlig neue, unterhaltende Präsentationsformen. So kann es direkt spannend sein, den einzelnen Verweisen bei Begriffserklärungen nachzugehen ...

Schon heute sind wir einer gewaltigen Informationsflut ausgesetzt. Das Weltwissen vergrößert sich um ein Vielfaches schneller als noch in den fünfziger und sechziger Jahren. Die Nachrichten erscheinen als Zusammenstellung der Katastrophen vom Tage. Tausendundeine Zeitung erscheinen auf dem Markt, unzählige Publikationen stehen für jedes Fachgebiet. Egal wo und wie wir Nachrichten aufnehmen – es ist und bleibt nur ein kleiner Ausschnitt der tatsächlichen Ereignisse. Für den Laien ist es schier unmöglich, die verfügbare Information in Schubladen geordnet im Kopf abzulegen. Vielen fehlt zudem die Hintergrundinformation. Diese kann das Medium nicht in ausreichendem Maße zur Verfügung stellen. Zu begrenzt ist der Platz, zu drängend die Aktualität.

Mit den neuen Kommunikationsmöglichkeiten ist es wesentlich leichter, Informationen abzurufen, zu selektieren und aufzunehmen. Die Anwendung an der Medienstation ist denkbar einfach: Es wird als Bereich z. B. das jeweilige Land, Geschichte und 19. Jahrhundert angewählt, und schon gibt die Medienstation die benötigte Information aus. Auch heute kann man sich diese Informationen beschaffen. Doch wie ungleich schwieriger gestaltet sich dieses Unterfangen, wieviel mehr Zeit ist notwendig, wenn man in Zettelkästen nach der geeigneten Literatur suchen und diese dann letztendlich stark selektieren und lesen muß. Es muß so sehr viel Material gesichtet und verarbeitet werden, bis die eigentlich interessanten Informationen gefunden sind. So mußten die Autoren beispielsweise auch für dieses Buch unglaublich viele andere Bücher exzerpieren, von denen nur Teilaspekte interessant waren. Wieviel einfacher wäre es gewesen, hätte man mit einer einfachen Anfrage das vorhandene Wissen zur »mulitmedialen Gesellschaft« abfragen können. Und ebenso wird es auch den Lesern dieses Buches gehen. Möglicherweise sind für den Einzelnen nur ausgewählte Aspekte interessant. Trotzdem wird er sich durch den Gesamtumfang des Buches durchkämpfen müssen.

Insgesamt wird deshalb oft dem aktuellen Bedürfnis, den Hintergrund mit einbeziehen zu können, nicht ausreichend Rechnung getragen. Mit der Medienstation als Abfrage- und Researchmittel wird die Hintergrundrecherche zum Vergnügen. Nach der vorherrschenden Methode schluckt sie kostbare Zeit und wird zur mühsamen Arbeit. Auch historisches Wissen – und nur der Mensch, der um die Geschichte weiß, kann bekanntlich »vernünftige« Zukunftsentscheidungen treffen – gilt dann nicht mehr als spröde, langweilig und trocken. Es wird Freude machen, sich mit den neuen »Research-Techniken« diesen Themenbereichen zu stellen, sie zu erforschen und sich anzueignen. So werden uns Simulation und Virtualität ermöglichen, z. B. die römische Zeit »nachzuerleben«, und das nicht nur aus der Phantasie des Autors von *Ben Hur*, sondern entwickelt an historischen Überlieferungen. Eine Art moderner Zeitmaschine erscheint möglich.

Kurzum, Lernen – oder besser Bildung – und Tagesinformation werden fester und permanenter Bestandteil des Lebens, werden zur Qualität an sich, werden spannend und werden nicht mehr elitär sein, sondern als Gemeingut gelten.

Generalismus – mutiger Rückschritt zur Vernunft

»Die Anlage zu einem Erziehungsplane muß --- kosmopolitisch gemacht werden«, forderte bereits Immanuel Kant in seiner Vorlesung ›Über Pädagogik‹ im 18. Jahrhundert. Faust strebte ebenfalls zum ›Allgemeinen‹, wenn er sich wünschte, daß er erkenne, »was die Welt im Innersten zusammenhält«. Er hatte sich aus diesem Grund der Magie ergeben, das fordert hier selbstverständlich niemand.

Wenn heute also ein »neuer Generalismus« postuliert wird, dann ist das eigentlich nichts Neues. So formulierte beispielsweise Comenius im 17. Jahrhundert, alle Bildung gehe vom Umfassenden, allem und allen Gemeinsamen aus, und zwar von frühester Kindheit an. Das Umfassende gliedere sich dann später immer mehr in die Fülle des Unterscheidbaren. Comenius war Mitglied einer frühneuzeitlichen sozialrevolutionären und christlichen Bewegung. Er griff mit seinem Konzept auf neuplatonisch-mystische Traditionen zurück. So verweist seiner Ansicht nach jedes einzelne Element im All typologisch auf das Ganze und auf ein Absolutes. Von jedem Punkt aus und von jeder Stufe wäre daher für jeden der Gesamtzusammenhang erfaßbar.

Den Gesamtzusammenhang, das Ganze zu erfassen, forderten auch andere. So schrieb Lessing über die ganze Bestimmung des »Menschengeschlechts«, Jean Paul sprach vom »Idealmenschen«, Goethe forderte in Wilhelm Meisters ›Lehrjahren‹ eine »allgemeine Ausbildung«, und auch Niethammer postulierte diese »allgemeine Bildung«. Bis ins 20. Jahrhundert hinein hat z. B. Humboldts Bildungstheorie als klassische Formulierung des modernen Allgemeinbildungspostulats gewirkt. Schon damals haben Humanisten und später Neuhumanisten davor gewarnt, Schulen zu reinen ›Berufsschulen‹ zu machen. Dort werde nur nach Verwertbarkeit des Gelernten gefragt und nicht nach dem »Allgemeinen«, dem Gemeinsamen und Umfassenden. Die Humanisten grenzen sich von Auflösungstendenzen und von Tendenzen zur Atomisierung ab. Sie beschwören die Ganzheit. Der Mensch soll nicht auf Teilfunktionen reduziert werden, das Auswahlkriterium soll nicht die Verwertbarkeit von Fertigkeiten sein. Spezialisierung wird rundweg abgelehnt und die Kenntnisnahme von Addierbarem vehement bekämpft.

Die Spezialisierung und damit die Entwicklung sogenannter ›Berufsschulen‹, d. h. höherer Schulen, deren Fächerkanon auf Verwertbarkeit im industriellen Zeitalter hin ausgewählt wurde, dominierten in den fünfziger und sechziger Jahren, eigentlich bis heute. Heftige Diskussionen über Sinn und Unsinn humanistischer, allgemeiner Bildung auf der einen und neusprachlich-technischer Bildung auf der anderen Seite wurden geführt. Diese Stufe der Entwicklung – determiniert durch wirtschaftliche Bedürfnisse – kann jetzt durch die technologischen Möglichkeiten überwunden werden. Die Fürsprecher der neuen Bildungsideale verweisen wieder auf Humboldt et al. oder handeln getreu dem Ausspruch von Karl Kraus: »Echte Avantgarde ist nichts anderes als der mutige Rückschritt zur Vernunft« (*FAZ-Magazin* Nr. 337, vom 15.8.1986, S. 43), wobei den Autoren dieses Buches klar ist, daß mit der Gleichsetzung von Humanismus und Vernunft eine klare Wertung im Raum steht. Verwertbares Wissen, Sachinformationen und Spezialwissen sind über neue Technologien jedem zugänglich. Daher können in Schule und Ausbildung die Prioritäten verschoben und kann das »Ganze« wieder in den Vordergrund gerückt werden.

Neben die Spezialisierung, die je nach beruflicher Perspektive notwendig ist, tritt die Möglichkeit, sich einer ganzheitlichen Bildung zuzuwenden. Das »Entweder-Oder« löst sich auf. Damit einher wird eine neue Abgrenzung gehen. Immer jedoch besteht die Möglichkeit, je nach Veranlagung Wissen zu konsumieren – Wissen und Bildung. Es sei in diesem Zusammenhang dahingestellt, inwieweit sich der menschliche Horizont schon dadurch erweitern läßt, daß dann Möglichkeiten dasein werden, unter optimalen lernpsychologischen Bedingungen Wissen zu erfahren.

Neue Technologien sind sogenannte »Integrationstechnologien«. Das heißt, sie können die Aufgaben zusamenführen, die mit der ersten industriellen Revolution auseinanderfielen. Die Forderung für die Zukunft lautet also: Wir brauchen gebildete Menschen, die fähig sind, in einer Welt, die immer mehr in Einzelinformationen und in Atome zerfällt, Gesamtzusammenhänge zu erkennen, zu abstrahieren, übergreifende Schlüsse zu ziehen und damit Handlungsperspektiven zu eröffnen. Das heißt, wir haben künftig die Chance einer am Generalismus sowie am Spezialismus orientierten Bildung. Diese Auflösung der Abgrenzung ist erst durch die »neuen Medien« möglich, durch diese aber auch notwendig geworden.

Hinzu tritt die Beherrschung von Komplexität. Informationsvielfalt und Omnipräsenz von Information erhöhen den Reiz, Dinge in ihrer Komplexität zu erfahren. Daraus ergibt sich allerdings die Forderung, Komplexität im Dienste von Erkennbarkeit und Klarheit reduzieren zu müssen. An dieser Stelle ist dann die »Intelligenz« der multimedialen Soft- und Hardware gefragt: Der Anwender darf mit diesen Herausforderungen nicht allein gelassen werden, Soft- und Hardware sollten einen Beitrag zur Strukturierung leisten.

»High-Society« des Geistes

Den meisten wird er wohl bekannt sein, der Werbeslogan einer bekannten Tageszeitung: »Dahinter steckt immer ein kluger Kopf«?! Mit Hilfe dieses Slogans wurde die Zeitung zum Symbol für Kompetenz, die eine breite Wissensbasis hat. Hier wird Wissen und damit Kompetenz durch das Medium der Tageszeitung als Statussymbol gewertet. Diese Entwicklung wird im Zuge der immer größeren Zugänglichkeit von Wissen voranschreiten. Das Wissen wird zum Wert an sich. Es wird sich allerdings nicht primär durch kluges Handeln oder Reden dokumentieren. Wer gebildet ist, der kann das beispielsweise durch seine Kleidung und seine Frisur zeigen. Hierzu gehören der Drang zur neuen Ästhetik, die Renaissance der Künste und des Designs. Schaut man sich z. B. den Markt für Brillenfassungen an, so wird deutlich, daß solche Gegenstände mehr und mehr ihren eigentlichen Nutzen verlieren und zu Symbolen des »neuen Ichs« werden. Damit sind Aktentaschen ebenso wie Sticker von Lions-Clubs gemeint. Es soll keinem neuen Hedonismus das Wort geredet werden, es geht lediglich darum, anhand heute schon erkennbarer Zeichen Trends aufzuzeigen.

Wir sind auf dem Weg dazu, immateriellen Gütern »Aussehen« zu verleihen und damit gesellschaftliche Reputation zu verschaffen. Diese Entwicklung wird durch den Einsatz der neuen Technik verstärkt. Man will dazugehören, will keine Randgruppe, sondern integriert sein. Für Teenager waren Marken-Jeans ein absolutes »Muß«. Ist man mit einer billigen Hose auf den Schulhof gekommen, dann wurde das von allen registriert. Die erste Dauerwelle bei den Mädchen sollte nicht zuletzt eine gewisse Entwicklungsstufe ausdrükken. Ohne Schulranzen auf dem Rücken, dafür lässig eine Tasche unter dem Arm – auch das ein Zeichen dafür, daß man die Unterstufe lange hinter sich gelassen hatte.

So sind wir seit unserer Kindheit von einem »Zeigebedürfnis« determiniert, von Äußerlichkeiten, die Abgrenzung bzw. Zugehörigkeit symbolisieren sollen. Der Porsche oder die »S-Klasse« – Ausdruck für jemanden, »der es zu was gebracht hat« – haben schon weitgehend ihre Symbolfunktion verloren. Der Handel mit Doktortiteln floriert vor allem in gesellschaftlichen Kreisen, die glauben, Geld allein reiche nicht, akademische Würde sei das Nonplusultra. Der High-Society des Geldes macht zunehmend eine High-Society des Geistes Konkurrenz. Am Porsche interessiert höchstens das Autotelefon, denn telefonierende Männer oder Frauen im Auto müssen sehr wichtig sein: Sie sind scheinbar zu keiner Sekunde unabkömmlich. Als »wichtig« wollen viele gerne angesehen werden, deshalb kamen auch die Autotelefonattrappen in Mode. Es war einfach schick, mit 180 Stundenkilometern über die Autobahn zu rasen, den Hörer ans Ohr zu pressen und fiktive Laute auszustoßen, die niemand hören konnte. Der Gipfel der Lust allerdings war es, wenn an der roten Ampel ein ehrfürchtiger Blick aus dem Nachbarauto auf die scheinbar unablässig telefonierende Person fiel. Dieses Spiel wurde bald durchschaut, und heute hat das Funktelefon seine ursprüngliche Faszination weitgehend verloren. Die »High-Society des Geistes« jedoch ist immer mehr auf dem Vormarsch. Sie grenzt sich durch ganz bestimmte Symbole von anderen Gruppen ab und entwickelt eine immer stärker werdende Dominanz.

Die Möglichkeiten der »multimedialen Gesellschaft« zielen also vor allem auf geistige Güter und Kommunikation ab. Eine »Entmaterialisierung« ist die Folge dieser Entwicklung. Man braucht keine Bibliothek, um Zugang zum Wissen zu haben. Man braucht kein repräsentatives Büro, das dokumentiert: »Hier sitzt der Chef«, da auch Managementaufgaben vom Hometerminal erledigt werden können. Der aufgeschaltete Unternehmensberater wirkt nicht durch die Inszenierung seines Auftritts, sondern allein durch die Inhalte, die er zum konkreten Sachthema beitragen kann.

Menschen haben seit Urzeiten das Bedürfnis, das, wofür sie stehen, zu zeigen und sich damit in der Gesellschaft zu profilieren. Die multimediale Gesellschaft wird neue Arten der Darstellung und neue Profilierungen hervorbringen. Es liegt im Trend, sich ein neues Image zu formen. Im Mittelpunkt des Images steht die Intellektualität, steht aber auch das Individuelle und damit Besondere. Alle drei gehen Hand in Hand und sollen Persönlichkeit, den bewußten und damit geistvollen Umgang mit sich selbst ausdrücken. Die »Neue Ästhetik« in Lebensraum, Arbeitswelt und am Menschen kennt als Kriterium nicht mehr ausschließlich das Geld, sondern vor allem die Persönlichkeit. Eine Persönlichkeit, die für »Geist« steht. Mit dieser Stilisierung soll also etwas ganz Bestimmtes ausgedrückt werden. Und ganz gleich, ob man wirklich zur »High-Society« des Geistes gehört oder nicht, jeder – oder fast jeder – glaubt, wenn er mit bestimmten Symbolen konfrontiert wird: Das, was dahinter steckt, hat Qualifizierung, oder: »Dahinter steckt immer ein kluger Kopf.«

Kapitel 4
Freizeit – Arbeitszeit? Lebenszeit!

Freiheit als Motto der Lebenszeit

Freizeit, freie Zeit – das ist die Zeit oder der Zeitraum, in dem nicht gearbeitet werden muß. Freizeit haben viele Menschen von 17 Uhr abends bis 8 Uhr morgens. Schichtarbeiter haben unregelmäßiger frei, Lehrer früher, andere Beschäftigte müssen insgesamt länger arbeiten, und im Gastronomiegewerbe wird nachts gearbeitet. »Normalerweise« geht man seinem Beruf tagsüber nach. Man steht um 6 oder 7 Uhr auf und geht gegen 0 Uhr wieder ins Bett. Viele Menschen haben mit ihrer Arbeitszeit gravierende Probleme. Ihr Biorhythmus kommt zu bestimmten Zeiten »aus dem Takt«, zu anderen Zeiten sind sie dann wieder voll einsatzbereit. So geht es auch Erik P. Jeder Morgen ist ein Kampf gegen den Wecker, und jeden Morgen verliert Erik diesen Kampf. Mißmutig steigt er ins Auto, schlecht gelaunt verbringt er die ersten zwei Arbeitsstunden unproduktiv in seinem Büro. Erst dann wird er so langsam wach und aufnahmefähig für die Anforderungen des Tages. Erik P. ist ein »Nachtmensch«. Wenn es draußen dunkel wird, beginnt seine produktivste Zeit des Tages. Ab 18 Uhr kann er Stunde um Stunde an seinem Schreibtisch sitzen, nachts um 2 Uhr kommen ihm die genialsten Ideen. Erik ist tagsüber an der Arbeitsstelle eigentlich fehl am Platze. Wesentlich effektiver und innovativer würde er nachts arbeiten. Doch da unser Tagesrhythmus aus rein organisatorischen Gründen in Tag und Nacht bzw. analog dazu in Arbeit und Freizeit unterteilt ist, bleibt Arbeitnehmern nichts anderes übrig, als sich anzupassen. Durch die Flexibilisierung der Arbeitszeit mittels einer Medienstation könnte das Problem von Erik gelöst werden. Gedient wäre damit nicht nur ihm, auch sein Arbeitgeber profitierte, denn Erik könnte wesentlich effektiver und zu seinen »starken« Zeiten seiner Arbeit nachgehen.

Bereits 1958 formulierte Jürgen Habermas: »Freizeit bestimmt sich in einer Gesellschaft, deren zentrale Kategorie immer noch die Arbeit ist, negativ: Sie gilt als eine Art Rest … ihre Freiheit ist zunächst eine Freiheit von Arbeit und sonst nichts« (aus: Habermas, Jürgen: »Soziologische Notizen zum Verhältnis von Arbeit und Freizeit«, in: Funck, G.: Konkrete Vernunft. Festschrift für Rothacker, Bonn 1958). Ist der Freizeit-Arbeit-Begriff bis dato in den meisten Fällen ein Antagonismus, so löst sich dieser bei einer flexibleren Handhabung der Arbeitszeit auf und kann sich zu einem »Lebensgestaltungsbegriff« entwickeln. Heute muß sich der Mensch weitgehend den Rahmenbedingungen, die durch seinen Arbeitsplatz vorgegeben werden, anpassen. Die neuen Möglichkeiten der Technik bergen die Chance, daß viel mehr Menschen ihre Arbeit flexibel an ihre Bedürfnisse anpassen können.

Dies gilt für den Tag-Nacht-Rhythmus genauso wie für die Einteilung des gesamten Wochenablaufs. Wer will, kann seine Freizeit auf das Wochenende legen, muß es aber nicht. Wenn z. B. Mittwoch abend ein Geburtstag gefeiert wird, dann muß man künftig nicht am Donnerstag völlig übermüdet ins Büro. Gearbeitet wird statt dessen an einem anderen Tag oder erst nachmittags. Die Lebensgestaltung wird individuell gehandhabt. Daß dies keine reine Fiktion ist, zeigt das Vorgehen von IBM. Als Vorreiter auf dem Gebiet der außerbetrieblichen Arbeitsstätten wurde IBM der Innovationspreis 1991 verliehen. Bereits 160 Mitarbeiter waren es Anfang des Jahres 1992, die von der Betriebsvereinbarung über »Außerbetriebliche Arbeitsstätten« profitieren konnten. Bis 1993 sollten – laut Angaben der *Wirtschaftswoche* vom 24.1.1992 – bereits 450 IBM-Mitarbeiter davon Gebrauch machen.

Inhaltlich handelt es sich bei dem IBM-Modell um zwei Arbeitsbereiche, in denen Heimarbeit getestet wurde. Zum einen waren Mitarbeiter betroffen, die in der Nacht und am Wochenende Bereitschaftsdienst für das Rechenzentrum haben. Früher wurde der Mitarbeiter angerufen, dann fuhr er in sein Büro und behob von dort aus über Leitung die entsprechenden Fehler. Anfahrten von einer Stunde und mehr standen dann 10 Minuten Einsatz am Terminal gegenüber. Resultat der Heimarbeit waren eine schnellere Behebung der Störung und eine geringere Zeitbelastung im Bereitschaftsdienst. 100% der Betroffenen fanden diese arbeitsorganisatorische Maßnahme »gut« und »sehr gut«. Zum anderen ging es um die Reduzierung von Mehrarbeit während kritischer Projektphasen.

Wie sehr IBM damit im Trend der Zeit liegt, beweist die Tatsache, daß die Nachfrage nach dieser Art des Arbeitsplatzes laut Presseberichten zehnmal so hoch ist wie das Angebot. Dieses Nachfrageverhalten ist ein Beleg dafür, wie interessant die neuen Möglichkeiten für die Arbeitnehmer sein können. Der »Heimarbeiter« wird zudem als privilegiert empfunden.

Eine jüngere Studie des Psychologischen Instituts der Universität Tübingen erbrachte das Ergebnis, daß die Mitarbeiter mit häuslichen Arbeitsplätzen in der Regel produktiver, motivierter und flexibler sind: Vier von fünf Befragten gaben an, zu

Hause ungestörter und effizienter arbeiten zu können. Hauptursache dafür ist die Anpassung der Arbeit an den eigenen Lebensrhythmus. 50% gaben an, daß mit der Arbeit zu Hause auch ein höheres Maß an Selbstdisziplin einhergehe. 90% betonten, daß sie nicht das Problem haben, bei der Arbeit »in Schwung« zu kommen. 60% empfanden ihre Arbeitsbelastung als »gerade richtig«. 63% glauben, daß sie durch die Arbeit zu Hause besser am Leben ihrer Kinder teilnehmen können. Jeder Dritte stellte jedoch fest, daß sich die Kinder erst daran gewöhnen müssen, daß die Eltern eben doch nicht jederzeit ansprechbar sind, auch wenn man sich zu Hause aufhält. Die Zahl der Besprechungen mit Vorgesetzten blieb für 90% gleich hoch. 80% der Befragten gaben an, sich keineswegs isoliert oder getrennt von anderen zu fühlen. Mehr als 50% der Befragten wollten durch ihre Entscheidung für die Heimarbeit auch einen Beitrag zum Umweltschutz leisten.

Die Macht über die (eigene) Zeit als neues Symbol des Erfolgs? In der Tat geht es eigentlich nicht um die Arbeitszeit als solche, es geht vielmehr um Selbstbestimmung. Zeiteinteilung ist hierbei ein ganz wesentliches Element.

Spiele ohne Grenzen

Schon heute haben wir es mit einer Vielzahl der unterschiedlichsten Video- und Telespiele zu tun – neueste Erfindung sind sogenannte »Cyberspace-Spiele«. Grundausstattung war bis heute der Bildschirm und die jeweilige Software, dazu »Joysticks« oder die Tastatur. Schon bald werden diese Spiele zu Hause verfügbar sein. Und das bedeutet: Der Phantasie der Anwender sind keine Grenzen gesetzt. Welche Faszination von diesen »neuen Computer-Welten« ausgeht, machte die

Weltausstellung 1992 in Spanien deutlich. In den Pavillons, in denen die Landesstände mit solchen Filmen der Faszination ausgestattet waren, drängten sich die Besucher den ganzen Tag über.

Aus den sogenannten »Adventure-Games« können sich Spiele in der virtuellen Realität entwickeln. Das »Abenteuer« wird in neuen Dimensionen erlebt werden können, der Spieler selbst wird zur handelnden Person. Dadurch erscheinen die Spiele mit der Zeit nicht mehr langweilig, weil sie ein großes Spektrum an Möglichkeiten bieten. Der Benutzer muß künftig auch nicht mehr allein mit dem Computer bzw. in unserem Fall mit der Medienstation spielen. Gruppentelespiele können eingeführt werden. So kann jeder künftig mit einer bekannten oder auch unbekannten Person gemeinsam an der Medienstation spielen. Dabei ergibt sich dann die Chance, vom »kriegerischen Image« wegzukommen. Oftmals haben Computerspiele ein kriegerisches Profil, vielleicht tritt die Möglichkeit für intelligentere und anspruchsvollere Spiele dann mehr in den Mittelpunkt.

Zur ›handelnden Person‹ wird man künftig auch bei »Live-Sendungen«. So ergeben sich für Talkshows im Fernsehen variantenreiche Möglichkeiten. Heute wird versucht, über »TED« via Telefon einen Dialog mit den Zuschauern aufzunehmen. Dieser ist allerdings unidirektional, d. h. Interaktivität fehlt. Erste Versuche, in die Wohnstube der Zuschauer zu gelangen, finden also bereits statt. Rein quantitative Meßergebnisse vermitteln dem Zuschauer das Gefühl, er könne an der Programmgestaltung mitwirken. Diese an Mengen orientierte Komponente ist jedoch auf Dauer unbefriedigend. Mit der Medienstation wird die qualitative Komponente möglich: Es besteht die Möglichkeit, sich in der Zukunft direkt in die laufende Sendung einzuschalten und Fragen zu stellen. Der Zuschauer würde dann nicht mehr nur passiv partizipieren, er könnte aktiv ins Fernsehgeschehen eingreifen. Das bedeutet, ähnlich wie im Bildungswesen würde hier nicht länger das Angebot die Nachfrage bestimmen, sondern immer mehr das angeboten werden, was der Zuschauer wünscht. Er wird sein eigener Programmdirektor. Neben die Einschaltquote als Meßgröße für den Erfolg einer Sendung tritt die Partizipationsquote.

Die unmittelbare Teilnahme des Konsumenten eröffnet neue Möglichkeiten der Unterhaltung. Sendungen wie »Nachgefragt« gehen heute schon diesen Weg. Wer aber hat zur Zeit die Möglichkeit, z. B. an Marcel Reich-Ranicki direkt eine Frage über die neueste Buchvorstellung zu richten? Wer kann in der Sendung »Was nun ...?« den Kanzler das fragen, was er schon immer über ein ganz spezifisches Thema seiner Politik wissen wollte?

Die Möglichkeit der Interaktion von Medium und Rezipienten führt somit zu qualitativen Veränderungen im Unterhaltungs-, aber auch im Informationsbereich. Darüber hinaus wird es jedoch auch zu einem spürbaren Wandel in quantitativer Hinsicht kommen. Denn ebenso wie man nicht mehr gleichzeitig zur Arbeit fährt, wird man nicht mehr gleichzeitig den unterschiedlichen Freizeitangeboten nachgehen können. Der Angebotszeitraum wird daher ausgedehnt werden. Museen werden länger geöffnet haben, Kinos mehr und häufiger Programme anbieten, auch im Theater wird man flexibler mit den Aufführungsterminen umgehen müssen. Die Freizeit-Fixierung auf 19 oder 20 Uhr – je nach Fernsehgewohnheit – entfällt, das Angebot wird größer und flexibler werden. Insofern kann von universelleren Entertainmentangeboten gesprochen werden, die durch die quantitative Komponente zustande kommen. Das heißt, »Nonstop-Entertainment« gewährleistet eine größere Auswahl an Angeboten und größere Freiheit in bezug auf den Zeitpunkt, zu dem das Angebot wahrgenommen wird.

Der Grund für dieses »Nonstop-Entertainment« liegt nicht in einem gestiegenen Bedürfnis nach Unterhaltung und Ablenkung, sondern an den unterschiedlichen Konsumgewohnheiten der Rezipienten. Daher werden sich innovative Entertainment-Formen etablieren. Wenn Lernen zur Lust wird und diese »Lust« professionell aufgegriffen wird, hat auch das Edutainment – die Verschmelzung von Education und Entertainment – eine große Zukunft. Vom Zeitpunkt und Zeitrahmen her wird es immer noch die herkömmliche Form eines Stükkes mit definiertem Anfang und Ende geben, außerdem Entertainment, dessen Beginn man selbst festlegt (man »stellt es ein«, und dann »geht« es), und Entertainment, auf das man quasi »aufspringt« – bei dem man also temporär mitmacht.

Was wir heute als Fernsehprogramm erleben, wird es zukünftig so nicht mehr geben. Oben wurde bereits das qualitative Einwirken auf Sendungen thematisiert. Dieses Einwirken und direkte Partizipieren hängt eng mit einer qualitativen Veränderung des Angebotsschemas zusammen. Heute brauchen wir Programmzeitschriften, die uns über die unterschiedlichen Programme und Sendungen aufklären. Laufen zwei interessante Beiträge gleichzeitig, muß der Videorecorder aktiviert werden, um einen davon aufzunehmen. Künftig werden wir aus einem großen Pool mit Hilfe der Medienstation unser Programm selber zusammenstellen. Sie wird nach einem von uns vorgegebenen Schlüssel Sendungen mitschneiden und uns zu einem von uns gewünschten Zeitpunkt anbieten. Sie arbeitet nach unseren Vorgaben wie ein intelligenter Videorecorder, der Inhalte erkennt und aus 40, 60 oder 100 Stationen auswählt. Die Beiträge und Sendungen dieses Pools sind dann jederzeit abrufbar und können ständig aktualisiert werden. Wir haben künftig also nicht mehr dreißig Programme, sondern eine Menge von Sendeangeboten unterschiedlichster Herkunft.

Welche Auswirkungen das auf die Fernsehzeitungen hat, kann man sich leicht vorstellen. Sie werden überflüssig. Das Programm-Angebot – also den Pool – zeigt uns unser Bildschirm täglich auf Wunsch. Schon heute zeigt der veränderte Aufbau der Programmzeitschriften, wohin die Entwicklung gehen wird. Sie werden zunehmend zu Illustrierten. Zwar sind die reinen Programminformationen nach wie vor zentraler und fester Bestandteil, der Unterhaltungscharakter als zusätzliche Komponente ist aber deutlich wichtiger geworden. Außerdem wird sich der Stellenwert der festen Sendezeiten ändern. Es wird sie zwar noch geben, sie sind aber letztlich nicht mehr relevant.

Urlaub von Anfang an

Die »schönste Zeit« des Jahres beginnt oft erst einmal mit Streß. Der Grund: Die Suche nach dem angenehmsten, preiswertesten oder schönsten Urlaubsort erfordert viel Zeit und Geduld. Der Urlaubsreife läuft von Reisebüro zu Reisebüro, etliche Kataloge werden gewälzt, die Taschenrechner laufen heiß.

Mit unserer kommunikationsfähigen Medienstation gehört dieser Streß der Vergangenheit an. Auch hier ein Beispiel zur Illustration: Völlig entspannt entscheiden sich Uwe und Marianne spontan beim Frühstück, endlich einmal den Alltagsstreß hinter sich zu lassen. Uwe war die letzten Monate im Beruf ziemlich belastet. Jetzt ist der größte Teil der Arbeit erledigt. Marianne sagt in Richtung Medienstation: »Bitte starten.« Ein Eingangsbild – nach eigenen Ideen oder von einem Künstler gestaltet – zeigt an, daß das Gerät eingeschaltet ist. Marianne fährt fort: »Thema Urlaub, bitte.« Die Medienstation arbeitet, eine neue Grafik erscheint und zeigt das Menue des Schlagworts Urlaub an. Marianne und Uwe können zwischen Reisezielen in Deutschland, Europa und weltweit wählen. Da beide an einen Kurzurlaub denken und mit dem eigenen Wagen fahren wollen, sagt Marianne »Europa« und wählt aus dem Angebot »Nord – Süd« den Süden. Es ist April und im Norden für beide zu kalt. Wieder kann das Paar zwischen zwei Alternativen auswählen: Meer oder Land. Nach einem kurzen Disput entscheiden sich die beiden für »Land«. Auf dem Bildschirm erscheinen alle Ländernamen Südeuropas, und Uwe erklärt, er würde furchtbar gern nach Italien fahren. Auch hier erscheint ein neues Menue, das die unterschiedlichen Regionen anzeigt. Eine kurze Diskussion, soll man die Nummer 3 – Emilia Romania – oder die Nummer 5 – Toskana – wählen, und beide entscheiden sich für Toskana und sagen »Fünf«. Wieder erscheint eine Grafik. Diesmal dauert es länger, doch dann sehen beide auf dem Bildschirm sanfte Hügel, Zypressen, alte Bauernhäuser und ein Weingut. Uwe und Marianne blicken sich an, beide nicken. Uwe in Richtung Medienstation: »Für zwei Personen die letzte Aprilwoche bitte.« Die Station zeigt an: »Okay. Info folgt später«, und bietet das Menue »abschalten«, »TV« oder »wählen«. Uwe schaltet ab.

Etwas später blinkt ein Punkt auf dem Bildschirm – die Informationen sind angekommen und verarbeitet. Marianne fragt in Richtung Station: »Urlaub?« Das Gerät schaltet sich ein und gibt die unterschiedlichen Buchungsmöglichkeiten an. Das Paar wählt das Angebot Nr. 6 und möchte das Hotel »sehen«. Sofort führt das Programm die beiden durch die ausge-

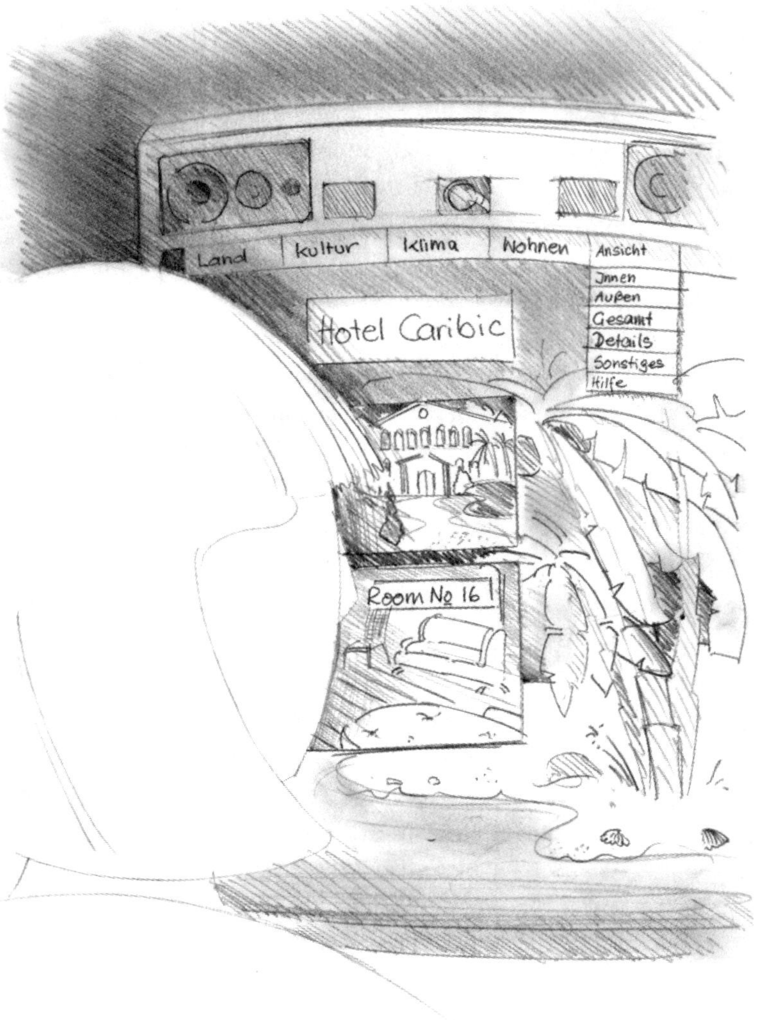

Reisebuchung via Medienstation

wählten Räumlichkeiten. Das Hotel ist typisch toskanisch und liegt sehr ruhig mit Blick auf sanft ansteigende Hügel. Die Zimmer wirken geräumig und haben Charme. Die beiden sagen »ja« und bekommen eine Liste mit Abfragen nach Hotel, genauem Datum, Sonderwünschen. Nach jeder Antwort verschwindet die Frage. »Fertig«, sagt Marianne. Das Gerät fordert jetzt einen der beiden auf, zum Buchen die Fingerkuppe in die ID-Maschine zu legen. Marianne kommt der Aufforderung nach. Ihr Finger wird von einem Lichtstrahl abgetastet. Durch sanften Druck bestätigt sie die Abfragen. Jetzt erhalten die beiden aus dem Magnetkartengerät zwei »Urlaubskarten«. Sie wissen, daß damit alles erledigt ist. Die Buchung ist gespeichert, gezahlt wird am Urlaubsort mit der Karte, und alles wird direkt vom Konto abgebucht.

Zwischen dem ersten Gedanken, Urlaub zu machen, und der endgültigen Buchung ist vielleicht eine Stunde vergangen. Beide haben das für sie optimale Ziel unter optimalen Bedingungen gefunden. Die Bestellprozedur ist ein Kinderspiel und völlig streßfrei; sie beinhaltet die bestmögliche Beratung. Der Urlaubsort konnte »vorgeschmeckt« werden, beide wissen, was sie erwartet, und werden nicht mit unliebsamen Räumlichkeiten und Bedingungen überrascht. In aller Ruhe konnten Uwe und Marianne sich entscheiden, und in vier Tagen geht die Reise bereits los. Beide starten mit der Gewißheit, den günstigsten Ort ausgewählt zu haben.

Für die Reisebürobranche hätte dieses Vorgehen natürlich radikale Veränderungen zur Folge. Wer braucht dann noch einen »herkömmlichen« Reiseverkehrskaufmann? Die gesamte Präsentation, Beratung, Information und Buchung würde via Medienstation erledigt. Man müßte die Frage aufwerfen, ob die herkömmliche Präsentation der Reisen in Büros überhaupt noch sinnvoll ist. Aussterben würde diese

Berufssparte aber dennoch nicht, denn es wird kompetentes Personal beim Erstellen und Aktualisieren der Information benötigt. Der Charakter des Berufes würde sich jedoch grundsätzlich ändern. Ein viel größeres Potential beim Verkauf von Reisen hätten dann Filmstudios, die professionell Urlaubsziele, Urlaubsreisen und Urlaubsangebote präsentierten. Zwangsläufige Folge wäre also eine Verschiebung der Berufsfelder.

Dieses Beispiel macht einmal mehr deutlich, vor welchen grundlegenden Umbrüchen ganze Branchen im Lichte der neuen Technologien stehen. Frühzeitig vorbereitet, können aber strukturelle Einbrüche vermieden werden. Was wir brauchen, sind evolutionäre Schritte in die richtige Richtung.

Kaum Kummer beim Kennenlernen

Wie sieht üblicherweise das soziale Leben in der bundesdeutschen Realität aus? Kontakte entstehen zumeist im Betrieb, man lernt seine Nachbarn kennen oder ist in einem Verein aktiv. Am Wochenende trifft man sich beim Fußballverein der Heimatgemeinde oder hält ein Schwätzchen über den Gartenzaun hinweg. Alle diese Formen des Freizeitverhaltens wird es auch künftig geben, sie werden aber wesentlich erweitert. Zu dem »Schwätzchen über den Gartenzaun hinweg« tritt schon heute für manche das Schwätzchen »über den Atlantik hinweg«. Das heißt, schon heute lassen sich über »Internet« oder »Bitnet« Verbindungen herstellen, die über Tausende von Kilometern aufrechterhalten werden können. Durch spezielle Programme und ausgefeilte Präsentationsmöglichkeiten lassen sich künftig sogar ganz gezielte Kontakte herstellen.

Die sogenannten »Partylines«, die wie die Pilze aus dem Boden sprießen, machen deutlich, wie schnell solche Medien akzeptiert werden und wieviel Bedarf es in diesem Bereich gibt. Leben diese Angebote heute aber eher von erotischen Kontakten, so kann ein anderes Szenario die weitreichenden Chancen verdeutlichen: Manfred lebt in London. Seine Eltern sind Diplomaten und arbeiten in der Botschaft der Bundesrepublik Deutschland. Immer wieder hat er Lust, in seiner Muttersprache zu kommunizieren. Am liebsten tut er das beim Spielen mit Partnern in Deutschland. So hat Manfred ein Personigramm von sich angefertigt, in dem er sich als Person mit seinen Interessen und Hobbies beschreibt. Außerdem hat er seine Selbstvorstellung mit einem kleinen Videofilm komplettiert. Manfred sucht heute einen Schachpartner. Er wählt an der Medienstation die Kategorie »Kontakt« und »Schach«. Zusätzlich gibt er seine internationale Identifikationsnummer ein. Er hätte gerne einen Partner aus dem Raum Hamburg und macht dies mit der »2« kenntlich. Kurze Zeit später erscheint eine Liste potentieller Partner aus dem Raum Hamburg. Sie alle haben als Hobby »Schach« angegeben. Diejenigen, die explizit ebenfalls einen Schachpartner suchen, sind mit einem Stern markiert. Jetzt hat Manfred die Möglichkeit, sich potentielle Schachpartner auszusuchen und bei ihnen anzufragen, ob Interesse besteht. Peter scheint ein idealer Partner zu sein. Er ist in Manfreds Alter und gibt zusätzlich zu Schach als Hobby »England« an. Ein Kontakt kann aufgebaut werden.

Völlig unverbindlich kann das jeweilige Personigramm angeschaut werden, auch potentielle Partnersucher können bereits vorab selektieren, ohne daß peinliche Situationen entstehen. Kontakte jeglicher Art können also wesentlich leichter und auch unkomplizierter aufgebaut werden, als dies heute via Zeitungsinserat möglich ist. Das gilt nicht nur für den angesprochenen Bereich der Partnersuche, sondern z. B. auch für das Engagement von Bands.

Durch diesen Umgang mit der Medienstation wird eine völlig neue Gruppenbildung möglich. Manfred hätte seinen Schachpartner Peter ohne das Programm nie gefunden. Inzwischen haben die beiden schon per Bildtelefon miteinander geredet, es gibt nämlich auch über das Schachspiel hinaus vieles, was sie verbindet. Manfred weiß heute schon, daß er Peter bei seiner nächsten Reise nach Deutschland unbedingt besuchen möchte.

Kapitel 5
Der neue Häuslebauer: Auf dem Boden der virtuellen Realität

Die dritte Dimension – Hilfestellung für die Phantasie

Bis heute stellen Architekten ihre Schöpfungen auf Plänen und Zeichnungen dar – also zweidimensional. Bei Maßstabsmodellen entsteht ein erster Eindruck der Äußerlichkeit. Aber auch durch ein Maßstabsmodell läßt sich nicht erfahren, wie das Haus atmosphärisch wirkt, wie es der Fußgänger von außen erlebt und wie der Bewohner sich die Akustik im fünften Stock vorstellen muß.

Die Zukunft dagegen gehört dem virtuellen, begehbaren Raum. Das zu erstellende Bauwerk befindet sich mit all seinen Rahmenbedingungen – seiner Architektur, aber ebenso seiner Einbindung in den Stadtraum und seinen akustischen Merkmale – in diesem virtuellen Raum. Damit wird das Bauwerk erlebbar. Mittels spezieller Medien (Data-Glove und Maske) kann jeder diesen Raum betreten. Man kann sich in ihm umschauen und ihn in seiner ganzen Komplexität und Dreidimensionalität erleben.

Vorbei die Zeit, als Bauwerke erst bei ihrer Erstellung Fehlplanungen offenbarten. Vorbei auch die Zeit des omnipotenten Baumeisters, denn dieser wird im nationalen oder internationalen Teamworking nicht auf die Erfahrungen seiner spezialisierten Kollegen verzichten wollen und können. Die neuen Möglichkeiten in der Architektur gehen jedoch noch weit über das Teamworking hinaus. So wird es z. B. möglich sein, äußere Einflüsse in architektonische Planungen einzubeziehen. Endlich könnten also Umweltbedingungen, wie z. B. der Verkehrslärm oder die Emissionen rund um das zu planende Gebäude, auf dem Wege der Simulation mitberücksichtigt werden.

Was heute in dieser Hinsicht bereits möglich ist, erschließt die zukunftsweisende Arbeit des Forschungszentrums art + com in Berlin. Unter der Leitung von Prof. Edouard Bannwart und mit der Überschrift »multi-mediales Bauhaus« entstehen dort virtuelle Räume. Die Zukunft rückt damit einen Schritt näher, was heute noch als unfaßbar erscheint, wird morgen greifbar sein. Auf diese Weise ist z. B. der Potsdamer Platz und seine Rekonstruktion in vielen Medien bereits präsentiert worden. Science-fiction – science fact! – so der Titel eines Selbstporträts aus dem Berliner Zentrum. Er ist nicht nur bezeichnend für die Arbeit von art + com, sondern auch bezeichnend für die vorliegende Abhandlung.

Rund um den Kommunikationsraum

Die Wohnung oder das Haus von morgen wird nicht nur standardmäßig Wohn- und Schlafzimmer, Küche und Bad haben – ein neuer Raum wird zum Mittelpunkt werden. Nennen wir ihn »Kommunikationsraum«. In der Mitte steht obligatorisch die Medienstation bzw. der Bildschirm – sei er nun traditionell ausgeformt, flach oder auf der Basis der LCD-Technik her-

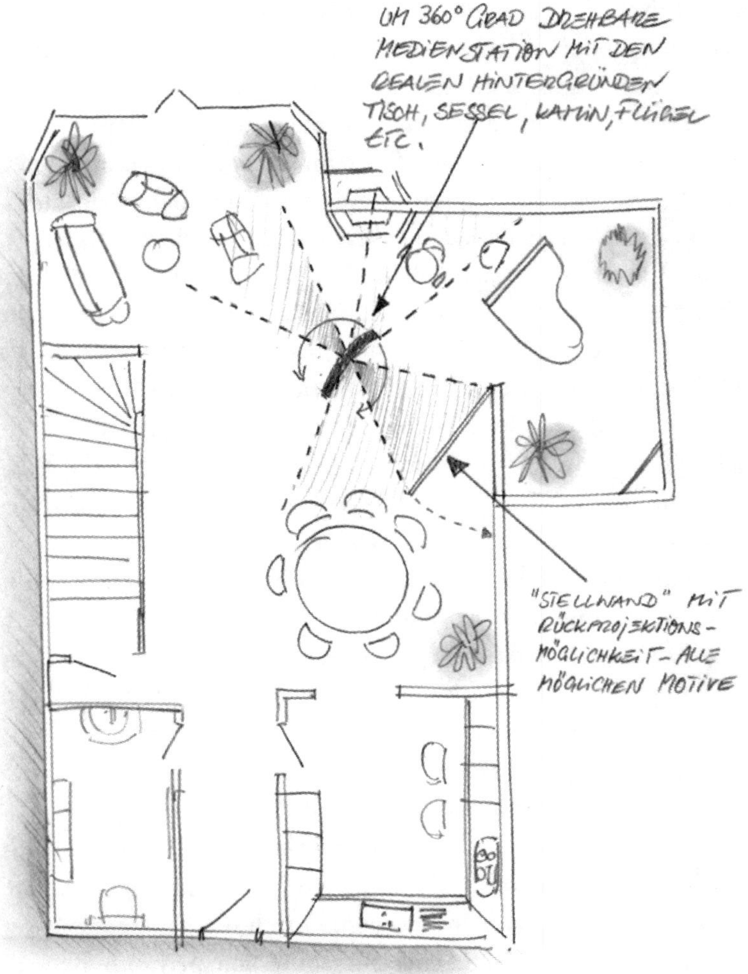

Der Kommunikationsraum

gestellt oder sei er auf die Wand projiziert. Alle Information geht hier ab und kommt hier an. Diese Medienstation ist an ein »Inhouse-Netzwerk« angeschlossen, das alle Räume der Wohnung oder des Hauses miteinander verbindet. Im Kommunikationsraum wird hauptsächlich gearbeitet, wenn Bedarf besteht. Hier kann aber auch gespielt, privat kommuniziert und experimentiert werden. Die Einrichtung ist primär an den Arbeitserfordernissen orientiert, es gibt aber auch eine gemütliche Ecke. Im Regal stehen zahlreiche CDs neben einigen wenigen Aktenordnern, denn die Ablage wird im wesentlichen über CD gemacht, das ist einfacher und platzsparender. Die wenigen Aktenordner stehen dort, weil es immer noch Leute gibt, die ohne Medienstation arbeiten. Doch die Zeiten werden wohl auch bald vorbei sein. In der Ecke stehen unterschiedlich gestaltete Stellwände als Hintergrund für die Bildkommunikation: Für geschäftliche Gespräche und Telekonferenzen hat die Firma eine Stellwand im Corporate Design entwickeln lassen. Jeder Kommunikationspartner erkennt somit das Unternehmen als Absender. Was früher das Logo auf dem Briefkopf war, ist jetzt das Logo auf der Stellwand. Auch aus dem Garten ist die Station steuerbar, via Mobilfunk. Man ist also nicht an den Kommunikationsraum gebunden. Das schafft die Möglichkeit, im Grünen zu entspannen und trotzdem jederzeit kommunikationsbereit zu sein.

Für den Architekten und Städteplaner von morgen heißt das: Dieser Raum muß als neue Grundausstattung bei allen Entwürfen fest eingeplant werden. Durch die Verlagerung der Arbeitsstätte in den ehemals ausschließlich privaten Bereich wird die Wohnung in wesentlich höherem Maße zum Lebensraum. Konsequenz dieser Entwicklung: Die Büroflächen schrumpfen, dafür wachsen die Wohnungen und Privathäuser. Die verbleibenden »Industrieverwaltungsräume« werden künftig ebenfalls anders aussehen. Weniger Verwaltungsraum wird notwendig, und eine andere Qualität wird dominieren. Die Architektur muß sich dem Status eines »Meeting-Points« anpassen. In der Konsequenz bedeutet das, daß das Thema Wohn- und Gewerbegebiet neu definiert und diskutiert werden muß.

Kapitel 6
Wir sind das Volk!

In diesem Kapitel geht es um Partizipation mittels Kommunikation. Mit Partizipation ist dabei die entscheidungs- und meinungsbezogene Teilnahme in den unterschiedlichsten Bereichen des öffentlichen Lebens gemeint, so z. B. in der Politik und der Markt- und Meinungsforschung. Wie partizipiert man denn heute, wie nimmt man teil am öffentlichen Leben, wie agiert man, wie äußert man statistisch meßbar seine Meinung? Man geht alle vier Jahre zur Wahl, man ruft eine bestimmte Telefonnummer an und gibt dadurch sein Votum ab, oder man wird von speziell geschulten Interviewern auf der Straße oder an der Haustür angesprochen und drückt seine Meinung aus. Die ganz Aktiven raffen sich zu einem Leserbrief auf oder schreiben sogar direkt an einen Abgeordneten. Indirekte gesellschaftliche Kommunikation, d. h. Kommunikation via Interessenvertreter, findet durch Gewerkschaften, Vereine und Bürgerinitiativen statt. Diejenigen, die dort engagiert sind, gehören zum partizipationsfreudigen »Potential«. Doch es entsteht der Eindruck, daß es immer weniger werden, die diese Mühen auf sich nehmen. Denn fast immer ist Partizipation mit gewissen Anstrengungen verbunden, und dies bildet für immer mehr Menschen eine Bequemlichkeitsbarriere.

Politische Partizipation – Chancen für den Staatsbürger

Vor allem für den Bereich der politischen Partizipation würden sich durch die technologischen Entwicklungen neue Chancen herausbilden. Beteiligung könnte sehr viel problemloser als bisher vonstatten gehen. So zum Beispiel bei der nächsten Bundestagswahl: Familie Fischer sitzt am Frühstückstisch und debattiert beim Kaffee noch über die letzten politischen Ereignisse, über die Wahlkampfreden und -versprechungen. Marion, die Tochter, will gleich zu einer großen Motorradtour aufbrechen. Vorher geht sie rasch zur Medienstation, sagt »Wahl« und wird aufgefordert, ihren Zeigefinger in das Identifikationsgerät zu legen. Mittels Laser wird die Fingerkuppe abgetastet – Marion ist eindeutig identifiziert. Dann wird sie aufgefordert, ihre Stimme abzugeben, fertig. Innerhalb kürzester Zeit sind Identifikation, Stimmabgabe und Speicherung erledigt. Die Anonymität des Wahlvorgangs bleibt bestehen, da die Stimmabgabe nicht mit der Identifikation als Wahlberechtigte kombiniert ist. Diese problemlose Art der Meinungsabgabe muß sich jedoch nicht nur auf die Bundestagswahl beziehen. Auch für den Bereich der Demoskopie oder der direkten politischen Mitwirkung außerhalb der Wahl eröffnen sich hier umfangreiche Kapazitäten. Gerade im politischen Bereich birgt eine solche Medienstation natürlich auch Gefahren.

Entscheidungsträger könnten sich täglich ein Bild von der Stimmungslage im Volk machen, könnten sich daran orientieren und könnten oder müßten ihre Handlungen vor diesem Hintergrund legitimieren. So gesehen würde die Demoskopie – in noch weit größerem Maße als heute – zum politischen Instrument avancieren. Dies wiederum hätte dann entscheidenden Einfluß auf unser politisches System, das zu einer Zeit konzipiert wurde, als der Ausdruck »Computer« noch ein Fremdwort war und als mit Kommunikation noch hauptsächlich interpersonelle Kommunikation oder Kommunikation via Brief gemeint war. Es ist außerdem zu einer Zeit entstanden (1948/49), als die Väter und Mütter des Grundgesetzes noch kein großes Vertrauen in die demokratischen Fähigkeiten des Volkes hatte.

Verhindert werden sollten vor allem Mechanismen innerhalb des Systems, die – wie in der Weimarer Reichsverfassung vorhanden – zur Unterminierung des Staatsgefüges beitragen konnten. Das Grundprinzip mußte also lauten: »Soviel Freiheit wie möglich und soviel Sicherheit wie nötig.« Fast alle plebiszitären Elemente wurden abgeschafft. Nur auf Länderebene existiert in eingeschränktem Umfang die Volksbefragung. Der Parlamentarische Rat, der das Grundgesetz ausgearbeitet hat, verzichtete nicht ohne Grund auf diese unmittelbare Gesetzgebung durch das Volk. In der Weimarer Reichsverfassung waren Volksentscheide explizit vorgesehen. Sie wurden intensiv genutzt und leider auch ausgenutzt. So wurden sie häufig mittels demagogischer Propaganda instrumentalisiert und dann gegen die parlamentarische Regierungsform eingesetzt. Dadurch, daß diese Form der Gesetzgebung in der Verfassung vorgesehen war, verlieh sie den antidemokratischen Vorhaben eine Scheinlegalität. All dies wollte man bei der Konstruktion des politischen Systems der Bundesrepublik verhindern.

Zudem nahm bei diesen Volksentscheiden die Beteiligung immer mehr ab. Die Folge davon war, und dies wäre auch heute zu befürchten, daß extreme Gruppierungen, die eine größere Anhängerschaft mobilisieren konnten, bei Abstimmungen und Wahlen stärker in den Vordergrund traten und somit das Stimmungsbild verzerrten. Je unkomplizierter aber die

Teilnahme am politischen Prozeß ist, desto eher könnte man solche plebiszitären Elemente wieder als demokratisches Mittel integrieren.

Ob es letztendlich sinnvoll ist, weitreichende gesellschaftspolitische Fragestellungen wie z. B. eine Verschärfung des Strafrechts angesichts rechtsextremistischer Gewalttaten oder des allgemeinen Ansteigens der Kriminalität zwischen zwei Tassen Kaffee zu entscheiden, ist sicherlich in Frage zu stellen. So kann und darf Demokratie nicht dem freien Spiel der Kräfte überlassen werden. Allerdings zeigte die Entscheidung der SPD-Basis 1993 über ihren neuen Parteivorsitzenden ganz deutlich, daß eine stärkere Beteiligung gewünscht und in vielen Bereichen nicht nur praktikabel, sondern notwendig geworden ist. Mehr als die Hälfte der Parteimitglieder machten sich auf den Weg zur Wahlurne. Wer weiß, wie viele es mit Medienstation gewesen wären.

Würde eine solche Medienstation also wahrhaft demokratisieren? Sie könnte zumindest die technischen Möglichkeiten zur Verfügung stellen, plebiszitäre Elemente ohne Mehraufwand zu realisieren. Dennoch wird die Verfassung – jedenfalls in absehbarer Zeit – in diesem essentiellen Punkt wohl keine Veränderung erfahren. Das liegt u. a. daran, daß niemand einen Schutz vor demagogischem Mißbrauch garantieren kann. Zu präsent sind die Erfahrungen der Weimarer Zeit, zu bedrohlich die aktuellen Einflüsse rechtsextremer Gruppen.

Trotz dieser Einschränkungen bietet die Meinungspartizipation via Medienstation die Chance für neuartige plebiszitäre Elemente, wie sie oben bereits angedeutet wurden: Zwar können Bürger/innen nicht direkt entscheiden, aber sie können ihre Ansicht darlegen. Somit könnte die Volksmeinung zur Entscheidungsgrundlage oder zumindest in weit größerem Maße als heute zur Entscheidungshilfe werden. Wort des Jahres 1992 wurde der Begriff »Politikverdrossenheit«. Richard v. Weizsäcker hat ihn populär gemacht, in den politischen Wissenschaften ist er schon lange in Gebrauch. Dieser »Politikverdrossenheit« könnte nicht zuletzt durch die konsequente Einbeziehung der Bevölkerung in die Entscheidungsfindung mittels Medienstation Einhalt geboten werden. Eine Möglichkeit, die nicht an den Grundfesten unseres Grundgesetzes rüttelt, eine Möglichkeit aber, die ganz eindeutig die politische Rolle des Volkes aufwertet.

In Art. 21 des Grundgesetzes ist die Rolle der Parteien festgeschrieben. Wenn es durch das neue technische Equipment gelänge, auf der Basis einer geschlossenen Benutzergruppe, wie eines Kreis- oder Landesverbandes, die innerparteiliche Demokratie zu stärken, so wäre dies vielleicht ein Schritt in eine gewünschte Richtung.

Es kann und soll nicht Aufgabe dieses Buches sein, Politikempfehlungen zu geben. Wohl aber muß es darum gehen, die Möglichkeiten der Zukunft hier aufzuzeigen, um den am politischen Prozeß Beteiligten Anregungen zum Nachdenken zu geben.

Marktforschung – der Endverbraucher wird zum Maßstab

Nicht nur die politische Partizipation könnte durch das neue Medienequipment profitieren, weitreichende Möglichkeiten ergeben sich auch für die Marktforschung. Zwar sind die herkömmlichen Methoden der Umfragen heute schon im Rahmen der Möglichkeiten ausgereift und erlauben durch statistische Verfahren repräsentative Aussagen. Doch muß dies eben tatsächlich »im Rahmen der Möglichkeiten« gesehen werden.

Und die Möglichkeiten werden vor allem durch drei Faktoren bestimmt: Zeit, Geld und Anzahl der Testpersonen. So stellt sich regelmäßig das Problem: Wo finden die Meinungsforscher ausreichend Interviewpartner? Es werden bestimmte Zielgruppen auf der Straße angesprochen oder Telefonnummern nach einem ganz bestimmten Schlüssel ausgewählt – immer aber ist dieses Verfahren zeit- und kostenintensiv. Immer wieder auch lädt es zu Manipulationen ein. Das heißt, die Interviewer arbeiten nicht sorgfältig genug und machen Eintragungen aus dem »hohlen Bauch«, oder die Institute, die derartige Aufträge annehmen, fragen nicht tausend, sondern nur fünfhundert Personen, machen das in der Studie aber nicht kenntlich. Mit der Medienstation – d. h. durch das ID-Gerät – wäre derartigen Manipulationen ein Riegel vorgeschoben, und die Forschungsinstitute hätten die Möglichkeit, ganz problemlos in jedem Haushalt anzufragen. Für viele Testpersonen wäre die Hemmschwelle niedriger, an solch einem Experiment teilzunehmen, und insgesamt wäre die Anzahl der befragten Personen dadurch größer. Zeit und Geld würden eingespart, und mehr Verbraucher würden in Entscheidungsprozesse einbezogen.

Es müßte allerdings ein spezifisches Instrumentarium entwickelt werden, mit dem via Medienstation gezielt eine soziodemographisch ermittelte Zielgruppe befragt wird. Ein reines Zufallsprinzip würde sicher nicht weiterhelfen, sondern die Repräsentativität der Umfragen gefährden. Wenn allerdings statistische Regeln als Maßstab gelten, könnten die Forscher via Medienstation schneller, kostengünstiger und auf der Basis einer größeren Grundgesamtheit Meinungen ermitteln.

Man muß sich klarmachen, wieviel volkswirtschaftlicher Schaden dadurch entsteht, daß das Verbraucherverhalten falsch eingeschätzt wird und neue Produkte und Leistungen sich als Flop erweisen. Dann wird deutlich, welch ungemeine Einsparungschance eine solche Partizipation durch den Verbraucher mit sich bringt. Wenn aber die Wirtschaft nicht Selbstzweck, sondern das Instrument zur Herstellung und Verteilung benötigter Güter ist – und zwar vom Grundnahrungsmittel bis zum Luxusartikel –, dann ist es am Ende im Interesse der Verbraucher, wenn sie über das Waren- und Dienstleistungsangebot mitbestimmen.

Die erweiterten Möglichkeiten der Marktforschung erschließen auch neues Terrain für den internationalen Warenverkehr. Will ein deutsches Unternehmen in Taiwan Schwarzwalduhren anbieten, dann hat es über Translator und Direktverbindung zum Endverbraucher die Möglichkeit, seine Chancen direkt und unmittelbar auszuloten. Das gleiche würde auch für Anbieter aus Taiwan in Deutschland zutreffen. Dies könnte zu einer dramatischen Verschärfung des internationalen Wettbewerbs bei Standardprodukten führen. Andererseits birgt es auch die Chance, die Warenpalette zu erweitern. Neue Chancen und neue Probleme – man muß sich die Möglichkeiten verdeutlichen, um sich früh genug darauf einzustellen.

Teil III
Mitdenken und Vordenken

Kapitel 7
Die Zukunft will gestaltet werden

Ruhe auf den Straßen – Hektik im Netzwerk

In einer Gesellschaft, in der viele Menschen zu Hause arbeiten, wird die Nutzung des Autos nicht mehr primär von den täglichen »Pflichten« diktiert. Der Mensch in der multimedialen Gesellschaft steht den eigenen Bedürfnissen gemäß früher oder später auf und macht sich in der Hauptsache zu Hause an die Arbeit. Anstatt um halb acht ins Auto zu steigen, öffnet er irgendwann einfach die Tür zum Arbeitszimmer, nimmt Platz und schaltet die Medienstation an. Auf diese Weise entfällt die tägliche Fahrt zum Arbeitsplatz. Der eigentliche Arbeitstag wird damit um ein beträchtliches länger. Verkehrsstoßzeiten wird es künftig nicht mehr geben. Man arbeitet häufiger im Haus und kann den Zeitpunkt für eine Autofahrt selbst auswählen. Die Frage nach dem Individualverkehr wird sich also völlig neu stellen. Das Auto wird wieder zum Freizeitartikel werden, kein »Nutzfahrzeug« bleiben.

Auch auf die Konzeption neuer Auto-Typen wird diese Entwicklung Auswirkungen haben. Wer nur ein- oder zweimal pro Woche zur Arbeit fahren muß und das Auto benutzt, braucht keinen großen Wagen – ein kleiner, handlicher erfüllt vollkommen seinen Zweck. Ein Umdenken beim Autokauf und der Autoentwicklung zeigte sich bereits in den USA. Hier wurde das Tempolimit eingeführt, die Folge davon waren bequeme Großraumlimousinen. Nicht die Schnittigkeit und Schnelligkeit eines Wagens war mehr Auswahlkriterium des Käufers, sondern die Bequemlichkeit. Da mittlerweile eine Energiesparsensibilität dominiert, wird das schon bald ebenfalls Auswirkungen haben. Autobesitzer werden sich verstärkt die Frage stellen, warum sie ein Auto besitzen und warum sie Steuern und Versicherung bezahlen, wenn der Wagen die Hälfte der Zeit nicht benutzt wird. Schon heute gibt es Fahr- und Nutzgemeinschaften, die sich mehrere Fahrzeuge teilen. Dieses System kann in naher Zukunft perfektioniert werden.

Das Motto heißt also »Weg vom Statussymbol« – da wird es, wie gezeigt, neue geben – hin zur eigentlichen Frage: Logistik. Das Auto wird seine Sozialfunktion verlieren. So ist z. B. vorstellbar, daß Logistik-Center entwickelt werden, in denen dem Nutzer ein ganzer Fuhrpark gegen Entgelt zur Verfügung steht: die unterschiedlichsten Autos, Fahrräder oder auch Motorräder. Morgens kommt er in das Center und sucht sich das passende Auto aus. Den kleinen wendigen Wagen zum Einkaufen, die große »Familienkutsche« für den Sonntagsausflug oder den schicken Sportwagen, wenn er exklusiv ausgehen möchte. Wenn jedem jedes Auto seiner Wahl zur gewünschten Zeit zur Verfügung steht, bürgt ein großer, schneller Wagen künftig nicht mehr für einen dicken Geldbeutel und definiert die jeweilige Person nicht mehr als jemanden, der »es zu etwas gebracht hat«. Die veränderte Lebens- und Arbeitssituation bringt also auch immense Veränderungen z. B. für die Automobilindustrie und den Straßenverkehr.

Insgesamt werden weniger Autos auf den Straßen unterwegs sein, d. h. es wird auch weniger Bedarf an Straßen geben.

Die Verkehrsplaner müssen also völlig umdenken: Kein »Mehr« an Straßen steht im Mittelpunkt, sondern eher ein »Weniger«. Nicht mehr der Nutzen, sondern der Spaß am Auto ist dominant. Es kommt nicht mehr darauf an, möglichst schnell von x nach y mit dem Auto zu kommen (das geht mit der Bahn dann sowieso viel schneller), sondern der Erlebniswert ist das Wesentliche.

Doch nicht nur der Individualverkehr, auch der Geschäftsreiseverkehr wird sich verändern. Zu einem Zeitpunkt, da Telekonferenzen alltäglich sein werden, Besprechungen und die Zusammenarbeit an Projekten an unterschiedlichen Orten stattfinden können, werden das nicht zuletzt die Fluggesellschaften zu spüren bekommen. Konsequenz aus der gesamten Entwicklung wird ein weitaus engmaschiger angelegtes Nahverkehrsnetz sein. Der Bus- und Bahnverkehr wird intensiviert, da die Nachfrage wesentlich ansteigen wird. Sogenannte »Railway Shuttles« werden den Nahverkehr erweitern. Das sind Busse, die durch die »Heimarbeitsgebiete« fahren und den direkten Bahnanschluß garantieren. Was diese Entwicklung bedeutet, ist klar: Einerseits ein rapider Rückgang der Unfälle im Individualstraßenverkehr und damit die Chance, daß sich die Zahl der Toten signifikant verringert. Andererseits sind der umweltfreundlichen Verkehrsentwicklung insgesamt keine Grenzen gesetzt. Die Veränderung des Arbeits- und Freizeitverhaltens wird über angepaßtes Verkehrsverhalten ein wesentlicher Beitrag für den Umweltschutz werden können. Konsequent zu Ende gedacht, ist nicht nur ein Ausbau des öffentlichen Verkehrsnetzes die Folge, auch die Emission von Abgasen verringert sich, und der Landschaftsverbrauch für das Straßennetz wird zurückgehen. Nicht zu unterschätzen ist außerdem die Verringerung des Mülls. Blechkarossen, Reifen, Kunststoffteile und giftige Flüssigkeiten werden die Umwelt in einer »verkehrsberuhigten« Gesellschaft weit weniger belasten, als das heute der Fall ist.

Aber auch andere Bereiche werden sich positiv verändern. Denkt man an das Beispiel der Touristikindustrie und betrachtet den Papierberg in Form von Katalogen und Druckschriften, dann wird deutlich, wie sehr an dieser Stelle eingespart werden kann. Ebenso verhält es sich mit den Direktmarketing-Aktivitäten. In Zukunft werden die Angebote in Form eines Films per ISDN in den Haushalt kommen. So werden die Kommunikationsinvestitionen im Werbebereich zwar nicht ausbleiben, sich aber in ihrer Natur grundsätzlich verändern.

Vielleicht ist gerade dieser Aspekt des Szenarios der entscheidende, um die technologisch möglichen Veränderungen in der Gesellschaft umzusetzen. Die ökologische Herausforderung ist in den Köpfen aller fest verankert, das ökologische Bewußtsein sensibilisiert.

Die Organisationen stehen auf dem Kopf

In der Tat steht die Organisation in den Verwaltungen, in den Betrieben und in den Behörden, so wie wir sie heute kennen, auf dem Kopf. Größer, schneller, weiter lauteten die Paradigmen der Vergangenheit, an denen sich Zielvorstellungen orientierten. Sie dominieren noch immer, und wie man sieht, handelt es sich dabei um rein quantitative Ansätze. Ansätze somit, deren Meßlatte auf der Basis sogenannter objektivierbarer Größen positioniert wird. Qualitative Aspekte bleiben dabei weitgehend außen vor. Um es einmal plakativ zu beschreiben: Die gesellschaftliche und kulturelle Qualität hängt am Tropf des volkswirtschaftlichen Zahlenwerks.

Individualität und Überschaubarkeit, aber auch Sinnlichkeit, Ästhetik, Identifikation und der Maßstab der individuellen Zufriedenheit, das alles sind dagegen qualitative Aspekte. Im Lichte des entwickelten Szenarios besteht für diese Inhalte die Möglichkeit einer Renaissance. Diese Renaissance könnte sich an modernen Erfordernissen und ökonomischen Prämissen orientieren, sie wäre eine Erweiterung des Spektrums, kein Rückschritt.

Aus heutiger Sicht klingen diese Aussagen möglicherweise utopisch. Im Lichte der zunehmenden Konzentration im nationalen und internationalen, also weltweiten Maßstab wirken die Zusammenhänge vielleicht eher romantisch-verträumt als pragmatisch und machbar.

In der Tat wird unser Menschenbild und damit das Bild unserer Organisationen mit den Begriffen Wettbewerb und Hierarchie sowie dem Begriffspaar Gewinnen/Verlieren geprägt und bestätigt. Vor dem Hintergrund der möglichen Entwicklungen, der innovativen Evolution, sind das aber eher archaische Begriffe. Das zeigen bereits jüngere Forschungsarbeiten wie die von Maturana und Varela. Hier wird ebenfalls das Überdenken der – nennen wir sie konservativen – Grundannahmen gefordert.

Überdacht werden muß ebenfalls die Organisationsform. Der nächste Schritt nach der elektronischen Post und den computerunterstützten Konferenzen, so schreibt Chandler Harrison Stevens vom MIT (in: Tom Peters, Jenseits der Hierarchien), sind die Expertennetzwerke. Sie »stellen eine neue Dimension dar, eine elektronische Gesellschafts- und Organisationsdimension, die erst durch die Entwicklung von computerunterstützter Kommunikation möglich wurde. (...) Expertennetzwerke können eine ältere Organisationsform, nämlich Verbände, verwandeln. Vor der Entwicklung von Expertennetzwerken war der Verband eine weniger wichtige Organisationsform als z. B. das Privatunternehmen oder eine öffentliche Dienststelle. Durch Expertennetzwerke können Verbände – gleich ob zu berufsmäßigen, religiösen oder sonstigen Zwecken gegründet – in viel stärkere Organisationen verwandelt werden.« Nach seiner Ansicht sind elektronische Organisationen und Expertennetze viel leistungsfähiger als bekannte Formen computerunterstützter Kommunikation wie E-Mail oder Computerkonferenzen. Auch sei diese Art der Kommunikation weniger formal als die meisten anderen Schreibformen und hätte eher den Charakter des »Miteinander-Sprechens«. Nach Chandler Harrison Stevens ist es eher ein Fragen stellendes als ein Statements abgebendes Medium. Er führt aus: »Dialoge an Stelle von Vorträgen werden zur Norm. Viele Fragen werden gestellt. Häufig kommen die besten Antworten aus überraschenden Quellen. Ein unbekannter Sachkundiger, der über keine direkt relevanten Erfahrungen verfügt, kann unter Umständen bessere Lösungen anbieten als ein berühmter Experte, der vielleicht eher abblockt oder sich weniger gut artikulieren kann.« Die Speicherungs- und Weiterleitungsform der meisten Arten rechnergestützter Kommunikation ermögliche, so Stevens, gemeinsame Überlegungsvarianten, die bei den herkömmlichen Typen des synchronen bilateralen Dialoges nicht gegeben seien. Dadurch könne immer mehr Arbeit durch weniger organisationsabhängige Profis geleistet werden. Diese verdienten ihr Geld durch ihren Wissensstand, der kontinuierlich durch Kontakte mit Kollegen erneuert werden müsse.

Die Zukunft gehört also den Begriffen Netzwerk, Subsidiarität, Kooperation und Kommunikation. So ist es nur logische Konsequenz, daß die Autoren Naisbitt und Aburdene in ihrem Werk »Megatrends Arbeitsplatz« zu zehn Thesen kommen, die die zukünftige wirtschaftliche Organisation in der oben beschriebenen Weise eingängig skizzieren. Diese Thesen dienen hier als Basis und werden zudem als Leitfaden für die Betrachtung zukünftiger – von der neu kombinierten Technologie geprägter – Szenarien in der Wirtschaft verwendet. Auf die Würdigung kultureller Unterschiede zwischen amerikanischen und europäischen Verhältnissen soll in diesem Zusammenhang nicht eingegangen werden.

Bedenkt man die Tatsache, daß die Thesen von Naisbitt und Aburdene Mitte der achtziger Jahre entwickelt wurden, so wird deutlich, wie langsam die Entwicklung bis heute tatsächlich fortgeschritten ist. Die neuesten technischen Möglichkeiten aber lassen es als wahrscheinlich erscheinen, daß es in diesem Bereich zu einer deutlichen Beschleunigung der Entwicklung kommen wird.

Anforderungen an die Attraktivität des Arbeitsplatzes

»Die besten und intelligentesten Menschen werden sich zu den Unternehmen hingezogen fühlen, in denen sie ihre persönlichen Ziele verwirklichen können«, so formulierten es Naisbitt/Aburdene. In der Tat wird es einen Wettbewerb der Arbeitsplatzattraktivität geben. Dieser ist bereits heute voll im Gange. Was ist mit »Arbeitsplatzattraktivität« gemeint? Der Begriff beinhaltet einerseits den Ruf des Unternehmens (Corporate Image) und andererseits die konkreten Arbeitsbedingungen. Eine Mitarbeiterin oder ein Mitarbeiter, der z. B. bei IBM als Heimarbeiter tätig ist und seine private Situation darauf abgestellt hat, wird sich schwerlich wieder in eine Kultur der strikten Hierarchie einordnen können oder einordnen lassen. Er würde nicht nur auf Freiheit im Beruf, sondern auch auf Freiheit im Privatleben verzichten müssen, somit seine gesamte Lebensorganisation zu ändern haben.

In dem Maße, wie es Unternehmen gelingt, flexible und auf das Individuum abzielende Systeme und Angebote zu schaffen, wird der Gesamtstandard steigen. Ein Wettbewerb der (Unternehmens-)Kulturen ist die notwendige und erkennbare Folge.

Auf dem Prüfstein: der Führungsstil

Weiter formulierten die Autoren von »Megatrends Arbeitsplatz«: »Die neue Rolle des Managers ist die eines Trainers, Lehrers und Mentors.« Dies gilt nach der hier vertretenen Ansicht jedoch nur mit Einschränkung: Natürlich wird ein Manager nach wie vor immer auch die Rolle eines Controllers auf der einen und eines Kulturgestalters, Kulturentwicklers und Kulturmoderators auf der anderen Seite haben. Die Gewichte werden sich aber verschieben.

Gemeint ist das konkrete Führungsverhalten insgesamt. In der multimedialen Gesellschaft impliziert das die notwendige Absage an Führen mittels Herrschaftswissen, Führen durch strukturelle Autorität und auch Führen durch »Law and Order«. Konkret bedeutet dies, daß nicht mehr »Streamline« gefragt ist, sondern echte Führungspersönlichkeiten gefordert sind. In einer Organisation, die Selbstbestimmung, eigenständige Motivation und freie Arbeitseinteilung erlaubt und gleichzeitig die notwendigen Fähigkeiten dazu unterstellt, ist der Primus inter pares gefragt, der vor allem durch persönliche Autorität Akzeptanz erfährt.

Nur sehr langsam kommt in Deutschland das Querdenken in Mode. Dieser Prozeß gestaltet sich äußerst schwierig, weil Querdenken immer auch ein Aufbrechen tradierter Strukturen beinhaltet. Das kann verständlicherweise nicht im Sinne der »Struktur-Eliten« sein. Dabei beschreibt Querdenken nichts anderes als die Fähigkeit, etablierte, reproduzierende Denkweisen zu verlassen und durch eine neue Kombination bekannter Sachverhalte zu neuen Erkenntnissen zu gelangen.

Daß es sich dabei nicht nur um eine Modeformel, sondern um eine Überlebensformel handelt, dürfte nach den hier dargestellten Sachverhalten und den daraus folgenden Optionen für die Zukunft klar sein. Nicht erst seit dem Titel »Nieten in Nadelstreifen« muß die Frage nach einer neuen Elite gestellt werden. Die Fähigkeit, viel Wissen aufzunehmen und damit die klassische Ausbildung zu durchlaufen, ist keine Garantie mehr für erfolgreiches Handeln im Unternehmen.

In einigen Betrieben werden daher bei der Einstellung bereits andere Wertmaßstäbe angelegt. So zum Beispiel der Unternehmenskultur-Protagonist Ulrich Wever von der Bayerischen Hypobank: Ihn interessieren »krumme Lebensläufe«, formulierte er in einer seiner Veröffentlichungen. Das scheint eine mögliche Denkrichtung zu sein: Menschen, für die Erleben bis an die eigenen Grenzen geht, Menschen, die selbst-, nicht fremdbestimmt ihren Weg gehen, Menschen, die ausprobieren, selbst wenn sie sich in Sackgassen wiederfinden, haben sich aus eigener Kraft zu einer Persönlichkeit geformt. Dies wird es sein, was künftige Führungskräfte ausmacht: Persönlichkeit, nicht Mitläufertum. Die Grenze zwischen gewünschter Nachdenklichkeit und notwendiger Integration liegt wohl in der Gegenüberstellung: »Gute Mitarbeiter sind unbequem, das heißt aber nicht, daß alle Unbequemen gut sind.«

Identifikation über »Teilhabe«

»Die besten Mitarbeiter wollen Miteigentum – psychisches und reales – an ihrem Unternehmen; die besten Unternehmen tragen dem Rechnung«, wird weiter von Naisbitt/Aburdene formuliert. Wie recht sie haben, zeigen die jüngsten Entwicklungen. An dieser Stelle soll nicht detaillierter auf das Scheitern des »real existierenden« Sozialismus in der jüngsten politischen Geschichte eingegangen werden. Die Geschichte der kommunistischen Staaten zeigt deutlich, wie sehr Menschen über die Eigentümerrolle zur Identifikation und damit zum Engagement und zu Höchstleistungen fähig sind bzw. eben nicht dazu fähig sind, wenn ihnen diese Motivationen fehlen.

Diese These der amerikanischen Autoren ist im Grunde überholt, denn sie unterstellt eine Beibehaltung des Trends zur Konzentration und damit eine zunehmende Anonymisierung des Kapitals. Demgegenüber gewinnen Prozesse der Partizipation an Bedeutung, wie z. B. im Bertelsmann-Konzern.

Das ist die eine Seite, die andere Seite ist die Infragestellung der gesellschaftsrechtlichen Form und damit der Kapitalstruktur. Wenn wirtschaftliche Aufgaben zunehmend durch die erfolgreiche Kooperation von Netzwerken erledigt werden und Netzwerke damit keine definierte, sondern nur noch eine temporäre und aufgabenbezogene Größe haben, dann können viele inhabergeführte Netzwerkteilnehmer auch an größeren Aufgaben partizipieren.

Diese Entwicklung wird heute bereits deutlich z. B. in der Bauindustrie bei Projektentwicklungen, aber auch in vielen »Kreativbereichen«. In der Sparte Softwarewirtschaft – Computersoftware ebenso wie Software in der Unterhaltungselektronik – ist an solche Organisations- und Aktionsformen ebenfalls zu denken. Manchmal sind sie heute schon Realität. RTL z. B. gliedert ganze Produktionen aus und kauft fertige Sendungen wieder ein. So produziert Crea-TV für RTL »Hans Meiser« und andere Sendungen. Das Ergebnis sind etliche Produktionsgesellschaften, die als Satelliten den »Einkäufer« RTL beliefern. Overhead und die damit einhergehende Bürokratisierung werden bei RTL vermieden, die Identifikation der »Macher« im Rahmen überschaubarer Einheiten bleibt erhalten. Fruchtbarer Wettbewerb wird möglich. Außerdem sind die ausgegliederten Gesellschaften nicht von RTL abhängig, d. h. nicht exklusiv an RTL gebunden. Es steht ihnen frei, auch für andere Anstalten Produktionen durchzuführen.

Im Hinblick auf die Tatsache, daß es 1991 in ganz Deutschland etwa 2,8 Mio. Selbständige gab (Fischer Weltalmanach), wird deutlich, daß der ausschließliche Blick auf die großen und namhaften Unternehmen den Blick auf die Heterogenität des Wirtschaftsgeschehens möglicherweise verstellt. Es geht nicht nur um Entflechtung von Großstrukturen, wie das Beispiel ABB zeigt, es geht vor allem um die technologisch gestützte und flexible Kooperationsfähigkeit vieler kleinerer Einheiten. Nutzen diese kleineren Einheiten die neuen Kommunikationsmöglichkeiten, dann können sie insbesondere durch ausgeprägte Flexibilität auch größere Projekte realisieren. In diesem Licht bekommt die Aussage »Die Schnellen fressen die Langsamen« neuen Gehalt.

Das Zauberwort Kooperation

»Die Unternehmen werden in steigendem Maße festangestellte Mitarbeiter durch von Drittfirmen gemietete Arbeitskräfte ersetzen«, so die beiden Autoren. Wieder kann man hier bereits einen Schritt weiter gehen und an größere Dimensionen denken. Temporäre Kooperationen werden sich als Anbietergemeinschaften für spezielle Aufgaben profilieren. In der Bauindustrie gehört eine derartige Kooperationsform über nationale und internationale Arbeitsgemeinschaften bei größe-

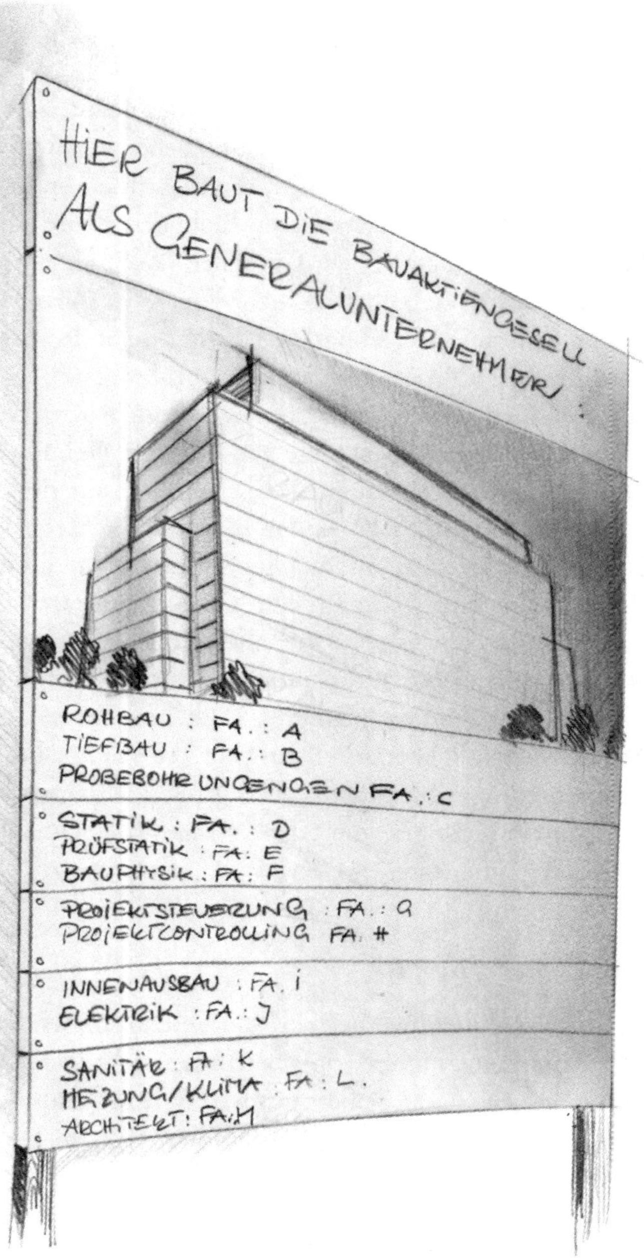

Kooperation in der Bauindustrie

ren Projekten bereits zum Standard. Dabei handelt es sich um homogene Projekte.

Die Zukunft gehört allerdings auch heterogenen Kooperationen. Aus einem anderem Blickwinkel betrachtet, findet dies bereits statt – bis dato jedoch unter klarer Führung eines Unternehmens. Bei 30 oder 40 Prozent Fertigungstiefe hat z. B. ein Unternehmen wie VW oder General Motors im Grunde gar nicht mehr die Kompetenz, ein Auto herzustellen. Vielmehr besitzt es die Fähigkeit, den Prozeß des Autobauens unter vielen Unternehmen zu verteilen, zu initiieren und zu moderieren. Verblieben sind die Distributionsfunktion und möglicherweise die Forschung als Kernbereiche eines solchen Herstellers.

Die marktwirtschaftliche Ordnung, die Grundlage einer beispiellosen Entwicklung in Deutschland war, lebt im Kern vom Mittelstand und nicht von der großen Industrie. Auf eine solche Ordnung ist unser Wirtschaftssystem ausgelegt. Politische Tatenarmut und der Hang zur Größe in anonymen Kapitalgesellschaften können nicht den Blick darauf verstellen, daß es vor allem die kleinen und mittleren Unternehmen sind, die bei ihrer ständigen Suche nach Nischen und Innovationen den Markt beleben. Schaut man sich in diesem Zusammenhang den relativ jungen PC-Markt an oder beobachtet man die Entwicklung im Bereich des mobilen Telefonierens unserer Tage, so finden sich treffende Beispiele, in welch kurzer Zeit sich mittelständische, flexible Strukturen herausbilden. Diese machen inzwischen Milliardenumsätze und stellen eine beachtliche Wirtschaftsmacht dar.

Die multimediale Gesellschaft wird erneut viele Einzel-, Klein- und mittelständische Unternehmen hervorbringen. Unsere Wirtschaftsordnung erlaubt diesen Weg. Die Kooperationen dieser Unternehmen werden große Systemführer das Fürchten lehren, da diese oft überbürokratisierten Unternehmen nicht die notwendige Schnelligkeit und Flexibilität für den Wettbewerb mit mittelständischen Netzwerken haben.

Betrachtet man also die Ist-Situation aus dieser Perspektive, so ist die Wirtschaft mittlerweile durch forcierte Flexibilisierung auf einem guten Weg. Der Blickwinkel und die Bezeichnungen mögen wechseln – die Stoßrichtung aber ist eindeutig und klar erkennbar: Kooperation statt Konzentration.

Neue Dimension der Qualität

»Qualität hat höchste Priorität«, so eine weitere These von Naisbitt und Aburdene. Qualität, die sich am qualitativ Meßbaren orientiert, ist dabei nicht gemeint. Gemeint ist statt dessen die jedem marktwirtschaftlichen Mechanismus innewohnende Qualitätskontrolle: die Abnahme von Lieferungen und Leistungen. Ein Phänomen, das sich im verborgenen befindet.

Größere Unternehmen haben oftmals Probleme, ihren Qualitätsstandard zu halten. Organisatorische Hindernisse, bürokratisierte Formen sind hemmend. »Total Quality Management« war ein großes Schlagwort der letzten Jahre. Demgegenüber bedeutet die hier skizzierte Form wirtschaftlicher Zusammenarbeit zwischen vielen kleineren Unternehmen auch die Hinwendung zum Ergebnis, zur Abnahme und damit zur Qualität.

Die Abnahme von Lieferung und Leistung – also das werkvertragliche Element in den Gechäftsbeziehungen unter Unternehmen – wird bei einer zunehmenden Kooperationstätigkeit und dem oben angesprochenen Zusammenschluß von kleineren Unternehmen zu Projektgemeinschaften einen wichtigen Beitrag zur Qualitätssicherung und -erreichung leisten.

Aus einem anderen Blickwinkel erläutert, heißt das: Baut man heute beispielsweise eine Fabrikationsanlage, dann kauft der Kunde das fertige Werk – schlüsselfertig. Die Einzelschritte interessieren ihn eigentlich nicht. Der Auftragnehmer muß eine Menge Zeit aufwenden, um die Qualität des Werks sicherzustellen, da z. B. schon ein Fehler in der Sanitärinstallation eine ganze Fabrikation lahmlegen kann. Aus dem Bau kennt man diese Vorgehensweise als die Vergabe von Gewerken. Ebendieses Modell erscheint aber auch bei größeren industriellen Aufgaben möglich. So ist das Programm – wie bereits vorgestellt – eines Fernsehsenders nichts anderes als eine Aneinanderreihung unterschiedlichster »Fremdproduktionen«. Die Filmunternehmen sind frei. Die Entwicklung hin zu einem großen Organsationskoloß, wie es die öffentlich-rechtlichen Anstalten sind, wird auf diesem Weg vermieden.

Intuition und Kreativität

»Intuition und Kreativität setzen sich gegen die Zahlengläubigkeit der Wirtschaftsschuldoktrin durch«, auch das ein »Megatrend«, den die US-Autoren formulieren. Gerade unter der Prämisse der soeben ausgeführten Problematik, die natürlich auch das wettbewerbliche Element enthält, werden komplexe Aufgaben mit einer hohen Lösungstiefe bereits wettbewerblich gelöst. Wettbewerb als »Ringen um die bessere Lösung« wird noch entschiedener als heute schon für optimale Lösungen sorgen.

Hinzu kommt, daß größere Organisationen zur Behäbigkeit und Bürokratisierung neigen. Nennen wir es das »Wasserkopf-Syndrom«. Diese Faktoren sind Totengräber jeder Kreativität und Intuition. Durch eine subsidiäre Struktur wird größerer Freiraum für die notwendige Phantasie, für Selbstentfaltung und den damit verbundenen Mut zu einem eigenständigen Weg geschaffen.

Umbruch wirtschaftlicher Strukturen

Zusammenfassend muß festgestellt werden: Die neuen Chancen und Perspektiven werden einen weitgehenden Umbruch unserer wirtschaftlichen Strukturen zur Folge haben. Unterstellt man für einen so grundsätzlichen Wandel einen Zeitraum von fünf Jahren, so wird deutlich, daß bereits heute angefangen werden muß, sich auf die neuen Möglichkeiten einzustellen. Das Beispiel IBM und anderer Unternehmen beweist, daß dieser Handlungsbedarf unmittelbar gegeben ist. Die eigentliche Unique-Selling-Proposition einer Gesellschaft – nämlich die in ihrer Kultur angelegten Möglichkeiten – wird in Zukunft noch viel mehr als heute über Erfolg oder Mißerfolg einer Volkswirtschaft entscheiden.

Werden heute Investitionsentscheidungen für Firmen- oder Organisationsbauten getroffen, so sollte bereits die multimediale Gesellschaft berücksichtigt werden. Langfristige Personalplanungen müssen von einer veränderten betrieblichen Organisation ausgehen. Führungskräfte der Zukunft müssen anders gewonnen werden, als es früher der Fall war.

Es erscheint vielen vielleicht zu früh, sich so konkrete Gedanken zu machen. Tatsache ist, daß in dem Maße, wie öffentliche Netzwerke installiert sind, sich die Rahmenbedingungen für den grundlegenden Wandel einstellen. Telefax und Mobiltelefon machen deutlich, mit welcher Geschwindigkeit sich gesellschaftliches Verhalten dann ändern kann, wenn es sich um eine funktionierende Technik handelt. Frühzeitige Einstellung auf die multimediale Gesellschaft verhindert radikale Einschnitte, die keiner wirklich will. Vorausschauende Aktion und nicht Reaktion ist das Gebot der Stunde.

Neue Gesetze braucht das Land

Das Rechtssystem eines Gemeinwesens hat sich wohl noch nie dadurch hervorgetan, Entwicklungen vorwegzunehmen. Darum kann es auch gar nicht gehen. Es liegt in der Natur des Rechts, eher langsam und von daher konservativ zu sein. Gesetze regeln ex post und nicht ex ante. Die Gentechnikdiskussion unserer Tage ist ein Beispiel dafür. Wenn sich allerdings bestimmte Entwicklungen etabliert haben und für bestimmte Sachverhalte neue Regelungen erforderlich werden, ist es oft zu spät. Man handelt im rechtsfreien Raum. Da dies nicht im Interesse eines Rechtsstaates sein kann, sollte möglichst schnell eine Diskussion in Gang gebracht werden, die einerseits eine eher rechtsphilosophische und andererseits eine gesetzgebende Dimension hat. Nicht nur die Arbeit der Organe der Rechtspflege wird tangiert, sondern ebenfalls das gesellschaftliche Leben in all seinen Schichtungen. Wenn mit den neuen Kommunikationsformen falsch umgegangen wird, besteht die Möglichkeit, daß in bestimmten Bereichen die Kriminalität ansteigt. Wie schwer sich die Polizei mit der Verfolgung von Computerkriminalität tut, zeigt sich bereits jetzt und dokumentiert den Handlungsbedarf in diesem Bereich.

Die Komplexität der Zusammenhänge fordert vom Gesetzgeber eine neue Qualität der Gesetzgebung, weil die »multimedialen« Zusammenhänge mit einfachen Regelungen nicht mehr zu greifen sind. Die hier beschriebenen Möglichkeiten der Technik bedeuten daher auch für unser Rechtssystem eine

Revolution. Ihr Ausmaß ist nur bedingt abschätzbar, so daß eine frühzeitige Beschäftigung mit dem Thema Multimedia und seinen Folgen not tut. Einige Rechtsgebiete:

Der Datenschutz beschäftigt unser Rechtssystem schon seit langem, er wird im Zuge der immer perfekteren Erfassung unzähliger persönlicher Daten ein Streitpunkt bleiben. Orwells gläserne Gesellschaft von »1984« will niemand. Nicht erst seit den spektakulären Aktionen des Chaos Computer Clubs in Hamburg wissen wir um die Verletzlichkeit hochtechnischer Installationen. Das menschliche Grundbedürfnis nach Privatsphäre und damit nach Datenschutz gewinnt gerade in dem hier formulierten technischen Szenario eine neue Dimension.

Darüber hinaus wird das Arbeitsrecht vor dem Hintergrund der neuen Heimarbeit tangiert werden. Das betrifft die Schutzrechte für Mitarbeiter ebenso wie Arbeitszeit- und Freizeitregelungen. Sogar die gewerkschaftlichen Organisationen müssen sich neuen Herausforderungen stellen.

Das Vertragsrecht muß auf die neuen Anforderungen hin überarbeitet werden. Kooperationen in Netzwerken brauchen ebenfalls flexible Vertrags- und Haftungsformen.

Das Urheber- und Lizenzrecht muß erweitert werden. Wenn Teams die Arbeitsform der Zukunft sind, muß rechtlich gesichert sein, wie der Urheber geschützt wird. Wer ist der Urheber eines Entwurfes, der durch die Arbeit eines Architektenteams aus drei Ländern entstanden ist? Wem gehört das Verwertungsrecht an einem Kunstwerk, das durch Interaktion mit einem Kunstinteressierten entstanden ist?

Auch die forcierte internationale Zusammenarbeit stellt unser Rechtssystem vor neue Herausforderungen. Bereits heute gibt es Probleme mit der europäischen Angleichung, und das bei Ländern aus einem Kulturkreis und mit demokratisch regierten Systemen. Wieviel komplizierter wird erst eine rechtliche Kooperation mit einzelnen afrikanischen oder südamerikanischen Staaten.

Viele Rechtsphänomene sind in Zusammenhang mit der multikulturellen Gesellschaft zu diskutieren. Dies ist dringend erforderlich, da wir sonst Gefahr laufen, ein Land des Richterrechts zu werden. Anläßlich eines Symposiums über das »Zusammenwirken von Mensch und Technik« forderte Fritz-Rudolf Güntsch: »Es müssen in technischem Neuland offenbar die sittlichen Bewertungen nachwachsen und parallel dazu das formalisierte Recht.«

Zwischen Isolation und massenhafter Kommunikation

Natürlich ergeben sich aus der skizzierten Situation auch Fragen und Risiken. Ein Mensch ohne Telefon in unserer Zeit ist ein Mensch, der weitgehend »out« ist. »Out« aus *der* Kommunikationsform unserer Gesellschaft. Ein Unternehmen, das kein Fax hat, ist heute ebenso fast »out«. Welcher Chef wagt es, das Büro seiner Sekretärin lediglich mit einer alten elektrischen Schreibmaschine auszustatten? Unter einem »Schreibautomaten« läuft gar nichts mehr, und selbst der wird von ausgefeilterer Technologie abgelöst.

Die allgemeine Anhebung der technischen Infrastruktur birgt neben allen Vorteilen auch die Gefahr der Vereinsamung. So besteht zum Beispiel die Gefahr einer Zweiteilung der Gesellschaft: die Aufteilung in einen Teil, der die Informationen konsumiert und nutzt, die neuen Chancen und Möglichkeiten einsetzt, und in einen anderen Teil, der sich gewissermaßen verweigert und von daher auf einer geringeren Informationsbasis agiert.

Es besteht ebenfalls die Gefahr, Kommunikation lediglich auf technischer Basis, mittels technischer Kanäle zu führen. Das persönliche Gespräch mit dem Bäcker, die menschliche Beratung auf der Sparkasse – das alles liegt im Interesse des Menschen. Nicht jeder ist in der Lage, mit der Technik so bewußt umzugehen, daß er nur effektiven Nutzen hat. Was soll z. B. eine relativ einsame alte Dame sagen, die sich auf ihr tägliches Schwätzchen beim Zeitungskiosk gefreut hat, wenn sie ihr Blättchen jetzt per Bildschirm ins Haus bekommt? Sie hat vielleicht theoretisch die Möglichkeit, sich über die Medienstation einem Kreis alter Menschen anzuschließen – und das ist ja das Positive. Sie wird aber einsamer werden, wenn sie Hemmungen hat, auf unbekannte Menschen mit dem eindeutigen Ziel »Kontaktsuche« zuzugehen. Diese psychologische Komponente, die sich auf viele Bereiche erstrecken kann, darf bei aller Faszination natürlich nicht außer acht gelassen werden. »Massenhafte Kommunikation« aber *ist* möglich und steckt voller Ideen und Perspektiven. Es muß nur behutsam damit umgegangen werden, sie darf nicht zu einem Dogma werden.

Insgesamt muß es im Interesse einer freiheitlichen Gesellschaft liegen, die Strukturen der alten Gelehrtenrepublik zu öffnen und den interessierten Menschen Zugang zu verschaffen zu dem Wissen und den Möglichkeiten unserer Kultur. War früher die Beherrschung des Lateinischen Voraussetzung für den Zugang zur Philosophie, zu den Rechtswissenschaften und weiteren Disziplinen, so ist die hier skizzierte Barriere vergleichsweise gering. Latein als Kulturgut sollte und wird es natürlich noch immer geben. Wer darauf nicht verzichten möchte, kann sich damit auseinandersetzen. Trotzdem gilt es, sensibel zu bleiben für die Probleme, die ein solcher Quantensprung der Technikentwicklung mit sich bringt, und behutsam auf die Gefahren zu reagieren.

Chancen für die Umwelt

Verfolgt man kritisch die gesellschaftliche Diskussion über ökologische Bereiche, so drängt sich der Verdacht auf, daß nicht grundsätzlich genug entschieden wird. Die Zeit läuft davon, und der »große ökologische Wurf« erscheint unmöglich. Mit dem hier entwickelten Szenario gäbe es einen wirklich neuen und aus ökologischer Sicht auch radikalen Ansatz. Wird unterstellt, daß die multimediale Gesellschaft bereits existiert, dann ergäben sich folgende Konsequenzen für die ökologische Diskussion:

Der Straßenverkehr würde sich radikal verändern. Morgendliche Staus könnten entfallen. Positive Folgen wären: weniger Verbrauch von Primärenergie und weniger Luftverschmutzung auf Grund verminderter Abgasemissionen. Viele Anlässe für Mobilität gerade im Geschäftsreiseverkehr entfielen. Daraus würde sich die Überlegung ergeben, daß unser Straßennetz von heute ausreicht, um den Verkehr zu bewältigen, zumal durch Direktlieferung ins Haus intelligente Mehrwegverkehre etabliert werden könnten.

Papier würde dramatisch weniger gebraucht, da es erheblich weniger Zeitungen und Bücher gäbe. Auch in der Kommunikation würde das Papier weitgehend als Träger von Informationen entfallen. Kataloge könnten durch Teleshopping ersetzt werden, und Hauswurfsendungen sowie Mailings gäbe es nur noch in geringem Umfang – sie erschienen als Spots im Fernsehen.

Dies sind nur einige Aspekte, die demonstrieren sollen, wie radikal die Technologie den ökologischen Status quo verändern kann und wie stark damit auch Lebensgewohnheiten betroffen sind. Auch hier drängt sich zunächst das Gefühl auf, es handle sich um eine Utopie. Genauer betrachtet ist diese Überlegung aber eine Chance, weil die Menschen nicht zum Verzicht gezwungen werden, sondern Probleme durch Evolution gelöst werden können.

Meine Daten gehören mir

Die hier entwickelte Situation wird neue Fragen für den Schutz der Daten aufwerfen. Die rechtliche Problematik wurde bereits angesprochen. Wenn aber in der beschriebenen Weise die Kommunikation der Zukunft stattfindet, dann wird der staatliche Datenschutz sich sicherlich nicht nur auf Gesetze beschränken können. Vielmehr werden Kontrollinstanzen notwendig, die zumindest mit Stichproben den gesetzmäßigen Umgang mit den Daten kontrollieren. Nimmt man nur das Beispiel einer Wahl per Medienstation, so muß zweifelsfrei sichergestellt sein, daß die inhaltliche Stimmabgabe von der quantitativen Erfassung getrennt ist. Die Problematik liegt auf der Hand.

Ohne klare Richtlinien und allgemein anerkannte Kontrollmethoden wird es keine Akzeptanz der neuen technologischen Landschaft in breiten Schichten der Bevölkerung geben. Einmal mehr hat der Gesetzgeber die Verantwortung, die Voraussetzung für den Fortschritt der Technik zu schaffen. Da Politikentscheidungen lange Vorlaufzeiten haben, muß gefordert werden, daß schon heute mit einer Diskussion über die angesprochenen Themen begonnen wird. Einmal verlorenes Vertrauen ist nur schwer wiederzugewinnen.

Kapitel 8
Schlußworte

Mut für die Zukunft

Letztendlich ist das Buch ein Plädoyer. Ein Plädoyer für den Mut zur Utopie, für den Mut, sich auf die Zukunft einzulassen. Vieles von dem, was hier angesprochen wurde, mag dem Leser utopisch, irreal, schlicht unmöglich erscheinen. Der Leser irrt. Es sind Visionen, die im Bereich des Möglichen liegen, die in absehbarer Zeit Wirklichkeit werden können. Man muß sich auf diese Szenarien einlassen, muß sich mit ihnen beschäftigen, und – man darf sie vor allem nicht verdrängen. Von der oft beschworenen Sättigung der Märkte kann vor dem Hintergrund der Ausführungen dieses Buches sicher nicht gesprochen werden. Entscheidend ist, ob wir uns der Herausforderung durch die neuen Möglichkeiten stellen wollen, ob wir die Chancen sehen und die Risiken in Grenzen halten.

Technik gehört zum Leben

Vieles davon mag angst machen – es ist ungewohnt, es paßt nicht in unsere Vorstellung von Leben, und es fordert uns heraus. Falsch wäre es jedoch, diese Szenarien als unmöglich abzutun oder ihnen feindlich gegenüberzustehen. Technik verändert die Welt. Das ist ein Faktum. Aber Technik ist nicht pauschal »schlecht« oder »gut«. Nehmen wir als Beispiel das Telefon. Es hat das gesamte Leben auf der Erde verändert. Mag sein, daß es nicht immer vorteilhaft ist, ständig – jetzt auch noch mit Anrufbeantworter – erreichbar, präsent zu sein. Aber wir haben die Möglichkeit, »nein« zu sagen, wenn wir wollen, Askese zu betreiben. Wie viele Menschenleben hat das Telefon – die Möglichkeit, schnell einen Arzt zu erreichen – aber auf der anderen Seite gerettet?

Hinter den Kulissen ist die Technik ohnehin omnipräsent. Ohne hochkomplexe Computersysteme und Netzwerke wäre kein Flug mehr möglich, und die Finanzmärkte brächen von heute auf morgen zusammen. Weder die gelbe Post könnte ohne die technische Infrastruktur existieren noch die Fernsehsender. Kein Unternehmen kann mehr »ohne«. Letztlich ist auch der Anstieg der durchschnittlichen Lebenserwartung wesentlich auf High-Tech in der Medizin zurückzuführen.

Die Auswirkungen sind dem »Mann auf der Straße« nur nicht bewußt und werden daher nicht als Bedrohung zur Kenntnis genommen. So gibt Prof. Topitsch von der Universität Graz auf die Frage »Zukunft ohne Technik – Technik ohne Zukunft?« die Antwort: »Zukunft ohne Menschheit – Menschheit ohne Zukunft?« (Report 7, VDI-Verlag)

Technikfeindlichkeit ist daher zwar verständlich, als Korrektiv auch notwendig, aber letztlich unklug. Forschung und Entwicklung werden weitergehen – egal, ob einige sich dagegen stemmen und protestieren. Die Entwicklung kann nicht aufgehalten werden, und das ist gut so. Der Mensch ist eine Forschernatur. Gegen diese Tatsache kann man sich nicht auflehnen. Wohl aber steigt die Herausforderung an die Politik und an alle diejenigen, die Verantwortung für die Gesellschaft als Ganzes haben. Sie sollten zur rechten Zeit die gesellschaftlichen Rahmenbedingungen schaffen, um so die Risiken der neuen Möglichkeiten begrenzen zu können. Die Atomkraftdiskussion hat deutlich gemacht, welchen Zerreißproben eine Gesellschaft dann ausgesetzt ist, wenn nicht zur rechten Zeit vorurteilsfrei eine Techniknutzen- und Technikkritikdiskussion geführt wird.

Wir haben die Verantwortung für unsere Forschung

Der Mensch muß jedoch für das Wissen um seine Verantwortlichkeit sensibilisiert werden. Darin besteht der eigentliche Appell dieses Buches. Wir sind verantwortlich für das, was wir »erschaffen« und möglich machen. Wir müssen uns dieser Verantwortung bewußt sein und danach handeln. Oder, um es mit Voltaire zu sagen: »Wir sind verantwortlich für das, was wir tun, aber auch für das, was wir nicht tun.«

Diskussionen um die Verantwortlichkeit hat es in der Vergangenheit oft gegeben, sei es in bezug auf die Atombombe oder auf die Genforschung. Es gibt etliche weitere Beispiele. Sie alle zeigen, daß Technikforschung immer auch Gefahren in sich birgt, und sie zeigen, daß im Hinblick auf zukünftige mögliche Entwicklungen immer auch Lebenskonzepte mitgedacht und vorgedacht werden müssen.

Das gilt nicht nur für die jeweiligen Forscher, für die sogenannten Experten, sondern es gilt für alle: für Politiker, Journalisten, Wirtschaftsmanager, für Lehrer usw. Auch auf die Gefahr hin, falsch verstanden zu werden, kann dieser Konflikt schon fast zynisch auf den Punkt gebracht werden: Wie wohl hätte man sich bei der Erfindung des Automobils entschieden, wenn die vielen Verkehrsunfälle mit in die Überlegungen einbezogen worden wären?

Popularisierung von Expertenwissen

Verantwortlich sind wir alle. Das heißt, wir alle müssen wissen, was vor sich geht. Expertenwissen muß durchsichtig, verständlich gemacht werden, sonst sind wir einer kleinen Gruppe von Wissenschaftlern, die nicht unbedingt die gesellschaftliche, politische oder juristische Kompetenz zur Anpassung von Rahmenbedingungen hat, hilflos ausgeliefert.

Diese Popularisierung von Expertenwissen wäre auch eine neue Form der Demokratisierung. Partizipiert wird nicht nur an den Folgen, partizipiert wird direkt an der Gestaltung der Zukunft.

Möglich ist auch das scheinbar »Unmögliche«

Wir hoffen, mit diesem Buch einen Beitrag für eine solche Sensibilisierung geleistet zu haben, und stellen uns damit den Herausforderungen, die die Zukunft bringt. Aktiv mitgestalten, heißt die Devise. Dann haben wir die Chance für eine spannende und menschenwürdige Zukunft. Denn Mensch und Technik stehen sich nicht diametral gegenüber. Mensch und Technik gehören zusammen. Sie können sich gegenseitig ergänzen. Aber nur, wenn wir phantasievoll, aufgeschlossen und verantwortungsbewußt mit der Technik umgehen. Alles ist möglich – oder fast alles.

Die Zukunft hat schon begonnen ...

Die Gedanken, die in diesem Buch entwickelt wurden, muten zum Teil visionär an. Sie klingen deshalb unglaubwürdig, weil gesellschaftlich die neuen technologischen Möglichkeiten und ihre Auswirkungen auf den Alltag fast nicht diskutiert werden.

Schaut man sich die strategischen Allianzen heutzutage an, so wird deutlich, daß die Wirtschaft sich bereits im Aufbruch befindet. Die Teilnehmer verdeutlichen die Richtung: Eastman Kodak, US West, Sony, Motorola, AT & T, Matsushita, Silicon Graphics, Apple, Microsoft, Intel, Compaq, IBM, Time Warner, General Instruments, Sega, Siemens, Tandem Computers und Philips sind mit der Herstellung der unterschiedlichsten Standards beschäftigt. »Personal Digital Assistant (PDA)«, General Magic und Kaleida heißen die neuen Zaubervokabeln.

Es geht um Standards, um Infrastruktur und um die Märkte der Zukunft. Diesen wirtschaftlichen Aktionen scheinen die Aktivitäten in der Gesellschaft diametral gegenüberzustehen, denn lediglich in Fachkreisen wird das Thema »Multimedia und seine gesellschaftlichen Auswirkungen« diskutiert. Daher muß ein breiter Dialog gefordert werden, der uns allen erlaubt, die Chancen der neuen Entwicklung zu diskutieren, und der uns damit auch vor den Risiken schützt. Im anderen Fall wird die Kluft zwischen den Technikanwendern und Nichtanwendern noch größer, als sie ohnehin bereits ist. Denn die Größe dieser Kluft wird über den Grad der Partizipation des einzelnen an gesellschaftlichen Prozessen entscheiden. Einer solchen Zweiteilung muß durch gesellschaftlichen Dialog entgegengesteuert werden.

Aus unserem Programm

Gerhard Naeher

Mega-schrill und super-flach

Der unaufhaltsame Aufstieg des Fernsehens in Deutschland

1993. 176 Seiten. ISBN 3-593-34920-5

In dieser Streitschrift zeigt der Insider Gerhard Naeher, wie triviale Massenunterhaltung, Schmuddelsex, Gewalt im Reality-TV und bruchstückhafte Nachrichten immer mehr das Fernsehen bestimmen. Er erzählt eine spannende Geschichte vom skrupellosen Kampf um Geld, Macht und Meinung, und er macht Vorschläge, was wir daran ändern können.

»Kein anderes Medium hat auf Meinungsbildung und gesellschaftliche Prozesse soviel Einfluß wie das Fernsehen. Um so wichtiger ist dieses Buch: eine spannende Bestandsaufnahme, bemerkenswert gründlich recherchiert, die auch subjektive Wertung nicht scheut.«

Dr. Dieter Wedel
Autor und Regisseur des ZDF-Vierteilers
»Der große Bellheim«

Campus Verlag · Frankfurt am Main